Respice ad lucem
Vitam accipe tuam
Prudentiae
Consilium
Veritas

Autor:
©Juan Carlos Loranca Bravo

1ª edición: septiembre 2021

2ª edición: febrero 2023

ISBN: 979-837-84-4150-1

Corrección de estilo:
María del Carmen Granados Lozada

Maquetación:
Christina Galicia Badillo

Ilustraciones:
Maricela González Stefanoni

Impreso en México

Todos los derechos reservados. Esta publicación no puede ser reproducida, ni en todo ni en parte, ni registrada en o transmitida por un sistema de recuperación de información, en ninguna forma ni por ningún medio, sea mecánico, fotoquímico, electrónico, magnético, electroóptico, por fotocopia o cualquier otro, sin el permiso previo, por escrito, del autor.

Y decían mi nombre..

La vida que se ahogó en la oscuridad

Prólogo

México es un país con cientos de tradiciones, fiestas y costumbres que dan lugar a cuentos y mitos, los cuales exaltan a los pueblos más antiguos del territorio, desde la leyenda clásica denominada La Llorona, hasta historias relacionadas con las almas del Purgatorio.

Cada día 2 de noviembre toda la República Mexicana espera la visita de los "no vivos", seres amados que según la creencia visitan sus antiguos hogares para compartir con los familiares y deleitarse otra vez con sus alimentos preferidos. Así cada 2 de noviembre se vive un luto lleno de fiesta, adornado con los colores y sabores de variados platillos que se han preparado con esperanza y amor, los cuales se combinan con las lágrimas de los vivos, formando en conjunto una caricia a las almas de los queridos y venerados visitantes, quienes guiados por el olor y color de la flor de cempasúchil gozosamente vuelven a pisar las entradas por donde una vez salieron como espíritus.

Este relato busca recordar que la vida es un don, un regalo, una oportunidad que no todos apreciamos; es una historia que nos recuerda que cada día es más que un tiempo, es toda una experiencia por la cual vivir. Una obra que busca mostrar el valor de la vida, una historia que busca que se aprecie la verdad y el amor.

Se cuenta que para los antiguos pueblos mexicanos la muerte era digna de valor y respeto, personificada en el dios Mictlantecuhtli, a quien le rendían culto y de esta manera esa divinidad les ayudaba a armonizar su vida, la cual era considerada un don.

En los tiempos actuales donde todo tiene un precio, se ha olvidado el verdadero sentido de la vida; este libro busca volver a aprender de la muerte para valorar el presente, así esta historia, cuento o novela presenta un hecho que juega entre la realidad de los vivos y los no vivos.

El miedo o terror es una sensación que muchas veces atrae, otras en cambio congela y paraliza provocando rechazo, pero no cabe duda que siempre deja una experiencia en quienes lo han experimentado, por lo que es difícil olvidar su sensación. Esta obra busca hacer sentir y pensar la experiencia de lo oculto y misterioso.

Dedicatoria

A todos los fallecidos que no tuvieron un hogar o familia que los acompañara en los últimos momentos de sus vidas, tal vez porque fueron olvidados por los suyos, pero la Tierra los recuerda sabiendo que su existencia cambió la historia de su entorno y la vida misma tuvo sentido durante su paso en este mundo.

A mi familia, mi núcleo y mi amor.

A los cientos de jóvenes que buscan un mejor mañana y luchan por vencer la oscuridad, así como Ary trató...

A mis formadores.

Capítulo 1

Y decían mi nombre...

> *Es más precioso tener*
> *la oportunidad de existir*
> *y vivir que no haberla tenido.*

—¡Ary! ¡Ary! ¡Ary!

—¡Ary!–suena el nombre como eco, muchas voces dicen su nombre. Él es un joven que florece en salud y vida, ahora se enfrenta a una experiencia real y viva. Algunos dirán que es verdad, otros que es un mito. Pero si esto no se encuentra en el terreno de la mentira, ¿Qué es entonces esta historia?

Este joven de tan solo quince años, aprende a ser un hombre sin maestro ni guía que le enseñe. ¿Puede acaso alguien aprender algo sin un maestro? ¿Sin un guía? ¿Puede acaso un ser humano aprender sobre su humanidad sin saber cómo vivir plenamente su vida?

—¡Ary ¡Ary! ¡Ary!–suena repetidas veces en su oído.

—¡Ary! ¡Ary! ¡Ary!

—"Sonaba solo en mis oídos como un campanear de voces, en diferentes tonos y solo yo lo escuchaba. ¡Era tan real y claro! Tuve en mí el sentimiento de estar loco, de haber perdido la realidad y claridad de mis pensamientos, pero mi nombre repetido incesantemente por esas voces internas, venían solo cuando estaba acostado en mi cama... Tenía ganas de llorar, clamar, pedir ayuda... Era pavoroso saber que nadie más lo escuchaba cuando al mismo tiempo muchas voces me hablaban. No quiero estar solo, no quiero escuchar, no quiero ver..." –pensaba de sí Ary.

—¡Ary! ¡Ary! ¡Ary!

—¡Ary! ¡Ary! ¡Ary!

—"Era como un coro, varios tonos, voces graves y agudas –continúa Ary– ¿Acaso eran niños? ¿Jóvenes? Pero sé que eran reales y de forma organizada. Y eran voces que callaron hasta encontrarme."

—¡Ary! ¡Ary! ¡Ary!

—¡Ary! ¡Ary! ¡Ary!

Continúa pensando.

— "Según mi memoria han pasado quince inviernos. Les cuento que mi nombre es Ary Gambín Durazo, no sé qué quiere decir Ary; tengo duda si es que mis padres olvidaron completarlo o solamente se ahorraron el trabajo de pensar cómo me llamarían. ¿Tendré el nombre de una persona famosa? En mi historia hay muchos relatos, unos buenos y otros no tanto...

Pero, en fin han sido situaciones que me correspondía vivir, así lo creo. Pero la pregunta es ¿Quién realmente soy? ¿Solo soy un nombre? No, soy más que un nombre, soy toda una existencia y no quiero olvidarlo ni que me olviden".

El miedo es y será siempre un fiel compañero, es un alimento para la humanidad que impulsa a buscar la luz cuando nos hemos adentrado en la oscuridad y también para encontrar respuestas; pero en el camino de la niebla hay más de lo que se pretende encontrar y no siempre se encuentra lo que se buscaba.

—"Así es mi historia, no quiero temer, pero tiemblo... ¡Callen voces! Callen, no quiero ya la oscuridad; callen que la vida es más que solo hablar y ustedes ya no están en el plano de los vivos".

—¡Ary! ¡Ary! ¡Ary!

—¡Ary! ¡Ary! ¡Ary!

La historia de Ary se da en una ciudad tan arcaica como esa misma palabra, es decir milenaria, llena de vida y de recuerdos de las personas que finalizaron su vida, ya sea por la enfermedad o por una acción brutal que les arrancó la vida. Algunos podrán decir que estos sucesos nunca ocurrieron, otros que es parte de una leyenda, pero se sabe que estos hechos siguen ocurriendo en el silencio de muchos Arys, que no comprenden lo qué les ocurre y que por algún motivo fueron buscados por el más allá; comunicación que tiene dos caras, una de curiosidad y otra de angustia.

—¡Ary! ¡Ary! ¡Ary!

—¡Ary! ¡Ary! ¡Ary!

Tiempo atrás . . . Pensaba Ary.

— "¿Quién me habla? ¿De dónde me hablan? No, no es real esto, solo dormí mal... Creo que debo dormir más. ¿Me iré a morir? Mejor me concentro en lo importante: mañana iré a la escuela y me peinaré para verme mejor de lo que me he visto".

—¡Ary, Ary, Ary! –las voces continúan dentro de su mente.

—¡Ary, Ary, Ary! –se repetían las voces a un ritmo que tenía compás y persistencia.

Ary se levantó con su pijama puesta y se fue a ver a sus papás, para tratar de escuchar voces amadas y volver mudas a esas desconocidas que le hablaban.

—¡Ary! ¡Ary! ¡Ary!

—¡Ary! ¡Ary! ¡Ary!

La vestimenta de Ary para dormir hacía de él un personaje teatral, su pantalón pertenecía a una ropa de tela de figuras triangulares compuesta por diversos colores; llena de hoyos hechos por los dientes de los perros de su tía; su playera de franela verde, cuya talla era para una persona al menos quince kilos más que él, por lo tanto bailaba dentro de ella y finalmente un gorro ovalado de color rojo, el cual pertenecía a su abuelo; los hilos buscaban escapar de la costura y romper filas, pero su olor a polvo lo arrullaba pensando que era el aroma del abuelo a quien nunca conoció, pero que anheló tratar.

Ary era un muchacho que pasaba mucho tiempo dando vueltas a sus pensamientos, muchos de ellos lo empujaban a imaginar ser un gran personaje, un superhéroe que marcaría la historia por sus obras y sus aventuras; lo real es que todavía no sabía cómo lo haría, pero estaba seguro que el estudio le daría la forma para crearse un futuro. Siendo un chico con una madurez diferente a la de sus amigos, tenía pensamientos algunas veces buenos y otras un tanto negativos, pero todos los guardaba en un libro, comúnmente conocido como diario, él lo llamaba Tlato, eso le daba una sensación más personal, es decir que pronunciar su nombre le hacía sentirse acompañado. La constancia de escribir en Tlato se volvió una necesidad conforme su juventud florecía, no sabía si lo que más le importaba era dejar escrito lo que le ocurría o desahogar sus temores provocados por las voces que escuchaba. Tlato era una libreta cosida, con un forro marrón cuya portada era simplemente "Tlato escucha", frase que mostraba el hambre del joven de expresar lo que tenía en su cabeza. Así se muestran las notas que aparecen escritas, las cuales fueron testigas de la experiencia que tuvo, desde el momento que se abrió esa puerta que lo condujo a escuchar a los no vivos que querían regresar.

—¡Ary, Ary, Ary!

—¡Ary, Ary, Ary! –las voces golpeaban como el badajo de una campana en su cabeza.

7 de junio 1998

Tlato:

Como te platiqué hace unos días, he leído que todo relato de una persona tiene un inicio, a veces son comienzos hermosos, otras veces tristes; el mío como sabes está concentrado en una palabra: Soledad.

Las voces siguen hablando, no me dicen otra cosa que mi nombre. Ya no puedo, no quiero esa compañía. Me voy Tlato, nos vemos en un rato.

—¡Ary! ¡Ary! ¡Ary!

—¡Ary! ¡Ary! ¡Ary!

¿Y cómo es el antiguo poblado, escenario y testigo de la vida de Ary? Un lugar que se dejó consumir por el crecimiento no planeado de sus habitantes. Dicha antigüedad se reflejaba en sus paredes, donde la pintura había cedido, el color marrón del barro de algunas de ellas que no aguantaron el paso del tiempo y lucían ya chimuelas en algunas partes. Había también nuevos hogares de ladrillo y acero que se asomaban en algunas de las nuevas avenidas; una ciudadela que envuelve y mezcla la nostalgia de un pasado con un futuro naciente.

—¡Buenos días má! –dice Ary.

—¡Buenos días hijo! ¿Dormiste bien? –respondió Renata.

El muchacho se encontraba a los pies de la cama de sus padres. Cid, su papá seguía soñando mientras madre e hijo se saludaban. El ronquido majestuoso de su padre era acompañado por los pulmones de fumador que soplaban.

—¿Qué soñaste hijo? –preguntó Renata.

—Nada nuevo má, no recuerdo bien. ¿Anoche me hablaste? ¿O mi papá? –comentó en tono dudoso; en su rostro se asomaba una cierta angustia, de la cual no habló, ocasionada por los rumorosos pensamientos o voces en su cabeza.

—No, hijo nadie te habló ¿Por qué? –contestó Renata mientras se ataba el cabello y movía a su esposo para que se despertara. Sin embargo Cid, por el peso del sueño solo movía la cabeza diciendo:

—¿Qué hora es? –y se limpiaba la saliva con la mano.

—No má, por nada. Me apuro para irme a la escuela –y salió del cuarto a vestirse con uniforme escolar tan despreciado por él, Ary no repelaba por ponerse el uniforme, solo pedía usarlo a su modo: pantalón gris oscuro, pero en su pierna izquierda él deshizo la solapa llamada dobladillo, la cual pisaba con sus zapatos negros, eso sí bien pintados, gracias a un detalle que su papá tenía con él, pues todas las noches antes de dormir Cid ponía la pintura en el calzado para dejarlo reluciente; su camisa blanca, con cuello triangular y su suéter azul, que portaba el escudo de su colegio, ostentando su nombre: "El Mirador", cuya imagen bordada era una especie de farol de mar, que más parecía una torre media destruida, por la costura vieja que la había dejado sin forma. Lo particular era que su manga derecha tenía un agujero en el cual entraba su dedo pulgar. Después de colocarse su singular uniforme, seguía su arreglo, donde más se tardaba era en su peinado, por lo que cada mañana Renata le gritara:

—¡Ary! ¡Hijo, baja a desayunar!

—¡Ya voy má! –contestaba él desde el baño.

—¿Qué haces hijo? ¿Otra vez? –con tono suplicante– No te va a dar tiempo de desayunar.

Pero Ary, hacía lo más importante de su día: arreglarse el cabello, el cual peinaba de forma ondeada por una parte, pero la otra no se dejaba dado que estaba pellizcada por la máquina, la cual lo dejó a una altura que le impedía ser acomodado, cabellos parados noche y día, unos largos y otros cortos. Así Ary tomó medio vaso de leche; dos mordidas a un pan y salió corriendo rumbo a la escuela; las agujetas de los zapatos iban volando siguiendo el trayecto.

Ary, acudía a una escuela donde se daban conocimientos de todo tipo, desde los clásicos que se impartían en todas las aulas, hasta los *vulgares* de los pasillos y baños; había solo un grupo por grado, en cada salón cabían treinta y ocho menos uno, tanto sillas como alumnos, ni una más ni una menos. Ary pidió en un inicio sentarse atrás, pero su maestra Consy, hizo todo lo contrario, como buena y experimentada docente, lo puso adelante –ella pensaba– "Capaz que ese alumnito haría algo no bien visto".

Ary era un chico que lograba todo lo que se proponía, cuando reunía la fuerza de voluntad para decidirse a hacer algo que considerase necesario, el problema era que para él casi todo lo veía poco necesario, entonces casi nada se había propuesto conseguir. Él era el líder de sus amigos, quienes lo valoraban y apreciaban; entre ellos estaban Moíses Pérez Arce, apodado el *Moi*; José Chino Hernández, llamado el *Chino*, aunque no tenía ni un solo cabello ondulado; *el Pecas*, Pedro Soto Ballinas y finalmente el menos aplicado de los cinco, Raúl Coto Fernández, alias *el Rulas*. Así sus sobrenombres que para ellos eran parte de su vida y forma de identificarse en el grupo.

—Nuevamente me ponen en un lugar que no me gusta –dice Ary a sus amigos.

—Yo creo que le caes muy bien a Consy –dijo Pecas, era de mencionar que Consy era la profesora menos popular entre nuestros muchachos.

—Lo ama –replicó en voz baja Rulas.

—¡Calla! Es pura envidia –dijo Moi; Ary suspiraba lamentando su situación y así inició la clase.

—¿Qué haremos después de la escuela? –preguntó Pecas.

La Maestra Consy escuchó voces y con su mirada hizo un reconocimiento de la zona. Chino levantaba la mano para atraer la atención de los ojos de Consy y cubrir a sus amigos.

—Maestra Consy, ¿Puede venir por favor? –insistió Chino, mientras pensaba en lo que le preguntaría, mientras Ary movía la cabeza de un lugar a otro, buscando dar sentido a todo lo que le sucedía; observaba a sus compañeros, veía los números que estaban en el pizarrón, mas en ese momento los encontraba incomprensibles.

—¡Ary! ¡Ary! ¡Ary!

—¡Ary! ¡Ary! ¡Ary! –iniciaron las voces– el muchacho oía a sus amigos que hablaban refiriéndose a él, pero no les daba importancia; toda su atención estaba en detectar esas voces. Quería tener la respuesta a lo que pensaba y escuchaba.

—¿Ustedes han escuchado voces? –se animó a preguntar a sus amigos, en un susurro que apenas llegó a sus oídos. Chino, Rulas, Moi y Pecas, hicieron cara de entender, aunque en el fondo sabían que Ary era difícil de comprender.

—Sí, a mí, mi almohada cuando me dice "vente a dormir" –respondió Rulas, con tono burlón, los demás se taparon la boca con la mano para ahogar la carcajada.

—Estoy hablando en serio –dijo Ary.

—Nosotros también amigo –entre risas dijo Chino.

—Mejor cuéntanos cómo te fue en tu cita con Claret –dijo Rulas, mientras la profesora platicaba con un grupo de alumnos. A veces un murmullo resulta sonoro cuando los corazones tienen una intención común.

—Sí cuéntanos —mientras curioseaban con sus ojos preguntones.

—¿Qué debo de contarles? —respondió Ary con un tono de satisfacción— Me fue muy bien, ya sé más cosas de ella, por ahora su nombre completo, que es Claret Fuentes San y puedo asegurarles que ella sabe el mío.

Así transcurrió ese día de escuela, como lo viven los jóvenes, buscan terminar las clases lo más rápido posible y gozando a cada momento de la compañía de los amigos. Los adolescentes tienen el don de jugar con el tiempo, hacen que se alarguen las horas cuando quieren o las dejan pasar rápido si así lo deciden y ellos siempre alargan los minutos cuando están juntos.

En el tiempo que iniciaron las voces a escucharse; Ary tuvo un encuentro afectuoso que es de evocar, y que él refirió a sus amigos como "La gran plática con aquella señorita". Según él contaba que cuando ella salía a la calle, el Sol iniciaba a dar luz y todo cobraba vida, la misma Tierra comenzaba con su rotación y traslación al presenciarla. ¿Cómo se dio ese encuentro? Esto está comentado en una página de su diario:

25 de julio 1998

Querido Tlato:

Finalmente se me cumplirá el deseo de hablar con mi sueño, mi luz, mi respirar, finalmente después de tantos días y horas tengo dicho encuentro. No sé qué le diré, tal vez le pregunte su signo zodiacal, no, no, debe ser algo natural. ¡Ya sé! Razas de perros que tenga de mascotas... O mejor qué tipo de música escucha... No sé... Ya te contaré...

Así en la vida humana hay encuentros hermosos, pero a veces lo que planeamos no siempre ocurre como esperamos; algunas citas avisan su llegada y otras solo llegan de improviso. Lo que resulta misterioso es que por caprichos del destino, que calificamos como mala o buena suerte, a veces no llega ese encuentro o quizá ocurre cuando uno no estaba preparado para vivirlo. Ary era de los chicos que a todo buscaba una respuesta y por ello la eternidad se le hacía corta con tal de encontrar respuestas a sus pensamientos. Y las voces en sus oídos continuaban en la intimidad de su alcoba, mientras él suplicaba arrodillado junto a su cama que callasen.

—¡Ary! ¡Ary! ¡Ary!

—¡Ary! ¡Ary! ¡Ary!

El encuentro de Ary con Claret sucedió así: él acudió al parque donde se vería con Mary, amiga de muchos años, quien le debía algunos favores, pero parecía que esa tarde se redimirían todos. Ary iba, como de costumbre con su peinado tan singular, camisa amarilla, su sudadera y un pantalón azul, no le importaba si combinaba o no, pues sabía que su cabello caído solucionaría todo lo imperfecto que pudiera resultar la vestimenta. No corría para no sudar, pero los nervios ya habían ensuciado su camisa, la cual era tapada por la sudadera. Ese día, como un hábil ladrón, usó la loción de su padre, para esconder su posible fragancia a "humanidad", pero lo que en verdad importaba era lo que podría platicar para parecer interesante y lograr la atención de la chica.

Los pensamientos que circulaban en su cabeza eran:

—Ahora que la vea, le diré: "hola Claret". No, eso no puedo decirlo, pues ella se daría cuenta que ya la conocía de tiempo atrás. Ya sé me veré formal como dicen que hacía mi abuelo y le diré "hola señorita Claret". No eso suena como si fuera mi abuelo. Podría decirle "hola preciosa" ¡No, qué asno! Eso suena como los vagos de la esquina de mi casa que molestan a las señoritas que pasan. Entonces solo le diré "hola" –iba pensando en eso cuando no se dio cuenta que un repartidor de pan se acercaba peligrosamente en una bicicleta y lo atropelló. Nada grave, pero lo tiró y le manchó la camisa.

—¡Fíjate chamaco baboso! –le dijo el conductor. Ambos estaban tirados sobre el pavimento.

—Señor, disculpe; no lo vi –dijo levantándose y viendo su camisa ya con tierra y sudor. El hombre, al ver su actitud, mostró compasión dándole un pan de los caídos para suavizar el susto.

—No pasa nada muchacho, come este pan, dicen que es bueno para los sustos. Lo bueno es que solo estamos sucios, pero no puedes andar así por la vida, como enamorado –Ary se puso rojo y con eso le mostró al bicicletero que acudía a una cita.

—Le agradezco Señor –se despidió y siguió su camino, ya solamente pensaba en llegar al encuentro y no en la camisa sucia.

¡Qué pesar el sentir de Ary! Su peinado caído, su flamante camisa amarilla sucia, no olvidemos el sudor, su pantalón manchado por la tierra. ¿Qué clase de encuentro podría darse? Para Ary se derrumbaba el mundo y él estaba en el centro. Lo que no se sabía, es que el sentir de Claret se asemejaba a lo que él sentía; cuántas veces los pensamientos son similares y el silencio por ser discreto oculta las intenciones de los involucrados en un acontecimiento.

Claret ese día usaba un vestido color carmín, es decir una forma de color rojo pero en tono fino, realmente son muy similares, pero pronunciar carmín causa otra percepción de los matices. Ella esperaba ese momento con la misma intensidad que tenía nuestro amigo; la única diferencia es que ella sí acudía limpia y muy bien peinada.

Llegaron al parque, parecía que el tiempo de pronto frenó todos los segundos, sus miradas como en todo relato romántico nos cuentan se entrecruzaron, la única diferencia es que esto sí sucedió como lo estás leyendo.

Mary lo vio y le gritó:

—¡Ary, Ary! Acá estamos —el chico trató de disimular, pero las miradas de enamorados usualmente son imprudentes.

—¡Hola Mary! ¡Hola Claret! —no terminó de saludar, cuando le trató de dar un beso en la mejilla, lo cual no tuvo éxito y quedó como con un tic en el cuello.

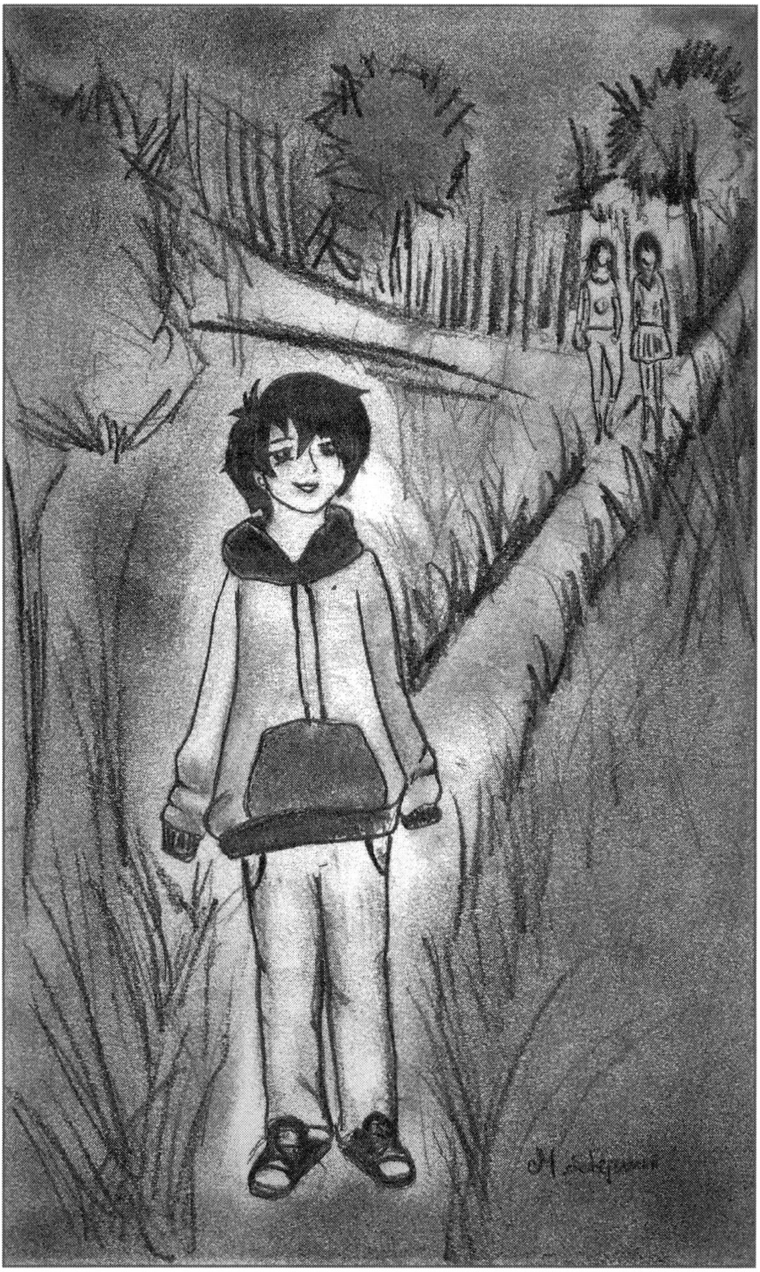

—Hola Ary, qué bien te ves –dijo Claret, pero Ary no podía olvidar sus manchas y pensaba que Claret además de hermosa, era buena.

—No digas eso Claret, que vengo todo manchado, una bicicleta me atropelló.

—¿Cómo es eso? –dijo Mary.

—Ya saben uno va pensando en las tareas de la escuela y las bicicletas no valoran lo que uno hace –buscaba ser simpático en su hablar.

—Claro Ary, a mí me pasa lo mismo –respondió Claret.

—Parece que ustedes dos tienen más cosas en común y no fue necesario presentarlos –dijo Mary, comentario que incomodó a los muchachos e hizo que el rubor se asomara en el rostro de ambos. En ese momento se dieron cuenta que se habían conocido meses atrás y que esa ocasión solo fue para continuar algo que ya se tenía predestinado. Lo real es que no se puede hablar de una relación que duraría toda la vida, pero sí que con este encuentro había iniciado su cielo en la Tierra. Mary los dejó con el pretexto de ir a comprar unos encargos de su mamá, excusa milenaria que se inventó para irse de algún lugar en forma discreta y que evita las posibles preguntas de los presentes. Entonces se inició un diálogo que los grandes romances históricos lo tendrían en cuenta si hubiese sucedido en el siglo XVIII.

—Se fue, y nos dejó –comentó Ary.

—Sí se fue, pero es mejor —respondió Claret y así se fueron entrecruzando las palabras, mientras el tiempo seguía apoyando congelando los segundos que ya querían seguir su curso.

—¿Claret puedo decirte que hueles muy bonito?

—Gracias Ary, de igual forma tú tienes un rico aroma.

—No mientas —sonrió Ary— eres buena conmigo, sé que no me veo como quería que me vieras.

—Sabes que no mentiría solo por hacerte sentir bien, Ary —era evidente que Claret tenía menos miedo que él.

—Claret necesito decirte unas palabras, porque si no las digo me arrepentiré toda mi vida, pues no sé si tendré otra oportunidad. Y si te lo digo no sabré qué hacer después porque es posible que pienses que soy un tonto.

Ary se estaba envolviendo en un lío de palabras sin decir nada.

—Dilo Ary, quiero escuchar qué piensas.

—Ya no sé qué fin tiene mi vida, si es que tiene alguna finalidad, porque hoy contigo siento que se cumplió todo mi sueño —palabras que ni la misma Filosofía podría explicar qué querían decir, pero para los oídos de la joven que lo escuchaba era música hecha poesía.

—Pero ¿Qué dices Ary?, tienes tantas cosas hermosas y seguramente tantos planes.

—No sé si los tenga, pero no quiero que se realicen si tú no estás en ellos.

—Ary ¡Qué hermosas palabras me dices! —viéndolo con un gesto de ternura y asombro. La correspondencia a lo que él trataba de decir se manifestaba en sus ojos llenos de emoción.

Ary y Claret tenían ese sentimiento tan puro, que los mismos ángeles admiraban. Cómo dos personas tan jóvenes podrían sentir algo así. Se dice que los dioses lo denominaron "Primer Amor" y lo regalaron al hombre, para suspirar en el recuerdo de la juventud. Así estuvieron compartiendo palabras y respiros, hasta que el tiempo no pudo más y tuvo que ceder a seguir corriendo. Después de una muy agradable plática Claret se despidió para ir con su madre; Ary había olvidado a su madre y a su padre, pero tuvo que irse al verse solo en el parque.

—Adiós Claret, adiós.

—Ary, toma este papel, donde anoté mi teléfono, espero me llames.

Ary tomó el papel, mientras veía retirarse a su amada. Leyó el número y lo aprendió de memoria, porque él lograba lo que creía necesario y eso no era solamente necesario, su vida iba de por medio. Tomó el papel y comenzó a oler su aroma, como cuando uno se pone un perfume y lo huele una y otra vez para asegurarse si realmente esa es la esencia que se busca. Ary terminaba esa gloriosa jornada sabiendo que ese día podría morir sin sentir que la vida le debiera algo, pero qué sabía Ary de cumplir una misión en esta Tierra, cuando estaba a punto de entender que no se puede vivir solo de amor, pues tendría que luchar por recobrar su vida de una oscuridad que estaba por llegar a su alma. Regresó a su casa, no supo cómo llegó, pero su sonrisa le hacía olvidar que la noche ya iniciaba. Abrió la puerta y conversó con sus padres como si hubiese sacado solo dieces en sus calificaciones, lo cual no era habitual.

—Mamá, ¡Qué hermosa es la vida! –poco faltó para que sonaran las campanas del templo para acompañar su voz.

—¿Qué dices muchacho? ¿Por qué traes la ropa tan sucia?

—Me atropellaron –dijo Ary sin reflexionar su respuesta.

—¿Qué dijiste hijo? ¿Estás bien? ¿Te llevo al hospital? ¡Rápido Renata! Las llaves del coche –saltó su padre conmocionado al escuchar las palabras de su único hijo. Renata buscaba las llaves sin entender la situación.

—Tranquilo papá, solo fue una bicicleta. Pero gracias pá –es muy bonito sentirse importante para alguien, en especial si son los padres.

—Déjate de tonterías hijo, vete a cambiar y la próxima vez que me des un susto así, te parto la cresta porque seguro ya se me subió el azúcar –el respirar del padre apenas dejaba exhalar las palabras mostrando entre enojo y agitación física.

—Papás, los amo, gracias por ser tan buenos –Ary parecía que esa noche vivía en otra realidad. No escuchó lo de cresta, ni azúcar, ni te parto ni nada; para él todo ese día era un pintar azul y rosa su existencia.

Ary subió las escaleras, llevaba en su mano el papel que mostraba el número de Claret y lo respiraba de vez en cuando, pero todo tiene un fin y esas emociones se empezaban a esfumar. Llegó a su cuarto y con la monotonía de siempre prendió la radio y se dispuso a cambiar su ropa buscando no despertar de ese día tan, tan... no se encontró la palabra para describirlo... Mas la hora de volver a su realidad ya había llegado. Como se dijo, esto ocurrió al mismo tiempo que iniciaba a probar la dulzura de la feminidad; lo grandioso del hombre es que de un momento a otro puede pasar del gozo al sufrimiento o de la tristeza a la felicidad.

—¡Ary! ¡Ary! ¡Ary!

—¡Ary! ¡Ary! ¡Ary!

Cada noche era soportar las voces que una vez que el Sol se ocultaba iniciaba el tormento.

—¡Hijo, hijo! Ya apaga las luces —dijo Romina.

—Má, pero ¿puedo dejar la radio prendida? —Ary buscando tapar esas voces.

—No hijo, se gasta la luz.

—Pero má, solo esta noche —¿Cómo sonaría la voz suplicante del chiquillo, que su madre terminó cediendo a su ruego, no obstante el pago de la luz? Dicha petición se repetía cada noche y Romina por no saber qué hacer con su hijo, accedía. La radio no tenía muchas estaciones y la música que buscaba era la que sus amigos le decían que debía escuchar. Lo bueno de su aparato era que nunca se quedaría sin pilas la conexión iba directa a la luz, lo que garantizaba ruido toda la noche y por lo tanto tranquilidad para poder dormir.

Su cuarto estaba compuesto por un conjunto de muebles que remontaban a la herencia que le dejó el abuelo antes de morir, por ende eran de una madera fina, así lo reconocía la familia y era parte de los argumentos letánicos que llovían a Ary cuando lo regañaban: ¡*Recibiste los muebles del abuelo!* Una cama, un pequeño armario, un buró, seguramente eran dos como toda recámara, pero se cuenta que solo llegó uno. Delante de la cama había un mueble que sostenía un espejo, era una cómoda larga. Todos pintados, mejor dicho repintados de color negro. Ary varias tardes se acostaba en ese cuarto, viendo el techo de su habitación y miraba pensativo la poca luz que entraba por la ventana; entre que entraba y a la vez era frenada por una sábana rota y sucia que fungía como cortina, la cual no dejaba de cumplir con su función de evitar el paso de la luz.

—¡Ary! ¡Ary! ¡Ary!

—¡Ary! ¡Ary! ¡Ary!

Se debe mencionar que otro libro acompañaba a nuestro amigo en su aventura o desventura. Se dice que los libros siempre darán sabiduría al hombre y tristemente, muchas veces, los hombres no los abren. Ary pensaba para sí, como tantos monólogos que se dan en la mente y escribió a Tlato el día de su encuentro con Claret:

Misma fecha 25 de julio de 1998

Tlato:

Te cuento que como sabes hoy la vi. Mañana inicia otro día, mañana inicia otra etapa de mi vida. Por fin tengo una relación, bueno, de amistad con Claret. Tanto he esperado, solo por hoy quiero ser plenamente feliz.

Ary ese día del atropellamiento quedó profundamente dormido y parecía que esa noche fue el culmen de la paz que tendría en esta vida para entrar en la segunda etapa. Quedó planchado en la cama y su mente viajó a esa realidad donde todo puede suceder: volar, cantar, viajar, menos caer de un edificio, porque entonces uno se despierta, el así llamado sueño.

Termina este capítulo con una lectura que era favorita de Ary, de un libro tan viejo como el mismo siglo.

>**Las sentencias aceptadas... Espero entiendas Ary**
>
>A los ángeles nunca los regañaron, porque ellos sí se amaban; ustedes los hombres se dejan regañar por cualquiera, se dejan corregir por todos; cuando solamente debes dejar que alguien guíe tu camino y esto ocurre cuando utiliza palabras para alimentar tu mente para bien y te hacen ser mejor. El día que entiendas que las palabras que te lanzan para corregir deben acompañarse de amor, entonces dejarás de ser un simple mortal. Solo escucha a los que quieren tu bien.

Ary, que tu felicidad no dependa nunca de las personas, de los hombres, de los momentos, ni de los regalos... Ni de Claret; tu felicidad debería depender del amor a ti mismo, de existir, de vivir, de estar en la oportunidad de crecer en este mundo...

Y Ary la noche siguiente estaba en su cuarto tapando sus oídos para no escuchar las voces que sin parar lo invocaban en cada momento, en cada instante, llenándolo de angustia por no saber qué hacer... Esas voces parecía que tenían cientos de años de vida y él solo tenía quince años.

–¡Ary! ¡Ary! ¡Ary!

–¡Ary! ¡Ary! ¡Ary!

25 de julio de 1998
Te cuento que como sabes
hoy puedo decirte que
otro día, espero poder
conciliar el sueño,
mañana inicia otra
etapa de mi vida,
finalmente tengo
una relación, bueno
tanto he esperado,
tanto, sólo por hoy
no quiero escucharles
voces...
aceptadas...
Página 7

Capítulo 2

¿Y cómo empezó todo?

Toda historia tiene un principio y el de este relato tiene el nombre de curiosidad. Cada persona tiene una historia que contar y en sus narraciones comentan los problemas a los que se enfrentaron o que surgieron en un determinado momento de su vida. Sucede que nadie nos enseña que cuando tenemos un problema es conveniente reflexionar o recordar cómo se originó; habrá que buscar tal vez en los años pasados, es decir en la propia historia y se podrá encontrar la causa de lo que se vive en la actualidad: Algún hecho, alguna persona o cierta circunstancia que desencadenó ese problema y es entonces cuando se entiende que lo que nos ocurre se debe a una situación que no se atendió en su momento o no se vivió de la mejor forma. Se dice que muchas personas sufren por no entender su presente, pero cómo lo pueden lograr si no reflexionan en su pasado. ¡Ah! Si en las escuelas hubiese una clase para que todos pudiéramos aprender de nuestra propia historia, sería un curso que seguramente todos los estudiantes disfrutarían, porque el contenido partiría de un "Yo", a fin de conocerse, valorarse y superarse. Seguro sería un éxito.

Ary no escuchaba esas voces cuando era niño, todo comenzó al preguntar un por qué a todo. Como dicen los sabios el hombre es curioso por naturaleza, es decir desde que nace quiere encontrar un sentido a todo lo ve, siente, escucha, come, etc. Todo lo hace como buscando un sentido y esto lo vuelve investigador. Ary, obviamente no fue la excepción, su frase favorita era la pregunta: *¿Por qué?*

Cuenta la historia que cuando tenía siete años se dio un diálogo un tanto extraño entre su mamá y él:

—¡Mami, mami! Mira, puedo mover todo mi cuerpo –exclamó entusiasmado.

—Es normal hijo, todos los humanos movemos nuestro cuerpo –contestó Renata, olvidando la capacidad de asombro de los niños al ir descubriendo lo que para los adultos ya resulta "normal".

—Mami. . . pero mira como salto, ¡alto,alto!

—Sí hijo, muy alto.

—¿Mami por qué me amas? –preguntó Ary, en tono tierno y amoroso, por lo que no podía ser rechazada su pregunta.

—Porque las madres aman a sus hijos y porque eres mi bebé.

—¿Mami y por qué existimos? –no hay duda que las preguntas de gran sentido solo las buscan los ancianos, los pensadores y las almas que están llamadas a cambiar el rumbo del mundo.

—¡Ay hijo!, pues, porque la vida es así —respuesta contundente de la mamá, que seguramente se podría traducir como: *Yo no sé.*

—¿Mami y ...? —Renata lo interrumpió enseñándole unos globos que alguien vendía.

Esto es una muestra de que la curiosidad busca respuestas en esta vida y a veces los que deberían responder tienen también las mismas dudas.

La historia nos enseña que la mayoría de los hombres desde que nacen experimentan el amor, la protección de sus padres; como también miles crecen y viven situaciones desagradables como regaños ofensivos, violencia y burlas, pero lo realmente lamentable es que no sabemos cómo vivir esas experiencias negativas, qué hacer y qué pensar cuando estamos frente a ellas, entonces nuestra naturaleza sensible nos hace llorar y llorar para poder desahogar el dolor del alma, lo cual ayuda pero no es suficiente. Así Ary, en su proceso de crecer tuvo que aprender a asimilar todas las experiencias, buenas y malas, y no reaccionó de la mejor manera ante muchas de ellas. Es cierto que el tiempo cura las heridas, pero éstas dejan una cicatriz.

Pasaron así los años de Ary hasta que cierto día un evento segó la ilusión de Ary, hecho que también cortó una comunicación que de haberse logrado hubiese hecho mucho bien a todos los involucrados, pero los hombres son responsables de sus actos y los padres lo son de sus hijos, aunque no muchos lo saben. Este suceso fue ocasionado por los padres de Ary, que tuvieron una discusión, la cual rompió algo dentro del niño, pues fue más allá de lo que ellos pudieron imaginar.

—¡Renata! ¡Otra vez te acabaste el dinero en compras innecesarias! –vociferó Cid.

—No fue mucho, no pelees –respondió Renata buscando atenuar su irresponsabilidad de la que se sabía culpable.

—¿Pero crees que me regalan el dinero y con un lo siento todo se arregla? –Dijo Cid con tono lastimero, pero en realidad una vez que la mecha se ha prendido no se apaga hasta llegar a las lágrimas e incluso gritos.

—Ya esposo mío, por favor mira que está Ary –el pequeño presenciaba atento a cada palabras, a cada acto deseando interiormente que ya parara esa situación. Es claro que a los 7 años no es posible entender el mundo de los adultos.

—¡Vete a tu cuarto! –dijo Cid.

Ary partió con lágrimas en sus ojos orando, clamando al cielo, a veces los niños saben más del mundo espiritual que los propios adultos y él había crecido creyendo en ese Ser al quien la sociedad llama Dios.

—Dios, te pido que ya no peleen, Dios, escúchame –hincado al lado de su cama, sumido en su miedo y tristeza. Del otro lado Renata trataba de parar la batalla, cada palabra que decía era una forma defensiva para no aceptar su error, pero Cid gritaba más pensando que así haría reconocer a su esposa. El calor de la discusión subió al punto de mencionar un "me voy de la casa". Palabras que fueron claramente oídas por nuestro pequeñín.

—¡Dios, por favor, que ya paren! Si mi papá se va, no volveré a hablarte –y así tomó una decisión con respecto a ese Ser que cuando habla no lo hace por medio de palabras, pero Ary eso no lo sabía. Segundos después escuchó un portazo, Ary quedó helado y una sentencia fue pronunciada por su corazón más que por sus labios, dirigiéndose al Ser que cada día le daba una creación sin límites.

—No quiero volver a hablarte, no quiero saber más de ti –Lloró todo ese día, afirmando su decisión. Un niño tenía el poder para cerrar la puerta que nunca debe cancelarse. Cuando lo hacen los hombres a través de sus actos, destruyen su vida, pero él solo tenía 7 años.

Unas semanas después su padre regresó y la vida continuó su curso normal, pero Ary no quiso abrir otra vez la puerta que había cerrado por la forma como él juzgaba lo justo o injusto.

Ary crecía y con él esa curiosidad particular que busca satisfacerse y más cuando se va aumentando en tamaño y edad. Tenía claro que las personas que estudian tienen más posibilidad de resolver las preguntas que se presentan en el transcurso de la vida misma.

A sus once años tuvo un encuentro con uno de sus profesores, hombre que según se decía tenía la ciencia consigo. El maestro no era más alto que el lomo de un burro y su particularidad como persona era despedir un fuerte olor humano. En su chaqueta, un botón que buscaba heroicamente aferrarse al agujero o rasgado ojal para no decapitarse dado el sobrepeso que cargaba la tela. Su nombre no es importante, pero el encuentro sí lo fue gracias a la información que le proporcionó a nuestro amigo y que lo marcó e indujo a seguir investigando, pues fomentó los intereses que Ary ya tenía. ¿Cuál fue esa información? Espera un poco, enseguida lo sabrás, antes quiero pedirte que consideres lo siguiente: En las historias clásicas se cantaba a alguna divinidad y cuando se anunciaba alguna promesa o una fatalidad, las protestas se hacían presentes. Si esta historia se hubiera contado en el pasado clásico el texto hubiera quedado más o menos así:

¡Oh qué importante es saber que las palabras de los adultos pueden hacer mucho bien a un niño si son palabras buenas y todo lo contrario, si no lo son! ¡Cuántos futuros han visto el éxito por una palabra bien sembrada! Pero por otro lado, cuántas vidas no fructificaron como hubiesen podido por una falta de acogida, de guía o debido una palabra de desprecio. O como dicen aquellas palabras del sabio: "Un símbolo va más allá de una creencia, pero toda idea es un símbolo y ambas mueven al mundo. Siembra buenas ideas y cambiarás todo tu entorno y hasta el sentido del universo".

Ahora sí, vayamos a conocer el mensaje del encuentro de Ary y su docente.

—¡Profesor, profesor! —llegó entre saltando y corriendo nuestro amigo.

—Dime, ¿en qué te puedo ayudar? —dijo el profesor con un tono narcisista, como si fuera un dios que va a responder las preguntas de los pobres mortales.

—Profe, ¿Usted estudió mucho verdad? —Tal pregunta hizo que el profesor no supiera si ofenderse por la duda o sentirse halagado tomándola como una confirmación de su saber.

—Así es Ary, pero dime: ¿Qué quieres que te responda?

—¿Profe, cómo hago para conocer la verdad de las cosas? No sé si me explico —su sonrisa en la cara era muestra de su esperanza por encontrar una respuesta.

Hagamos una pausa para reflexionar lo que Ary preguntó. ¿No te parece extraordinario que a un niño de once años se le ocurra semejante pregunta? Nada más y nada menos hizo un cuestionamiento que ha marcado la historia del hombre. Si esa pregunta la hubiera hecho a un grupo de amigos seguramente lo hubiesen apaleado y se hubieran burlado sin reflexionar si esa pregunta era interesante, importante o no; lamentablemente a veces enjuiciamos, criticamos y hasta agredimos física o verbalmente a quien pregunta, hace o comenta algo diferente a lo que resulta común.

Tal vez no hemos reparado en que en cierto momento de nuestra vida, todos hemos hecho alguna pregunta fuera de lo ordinario o bien algunos habrán encontrado un nuevo color combinando otros, algunos habrán hecho dibujos de rostros que nunca vieron, en fin en todos se ha dado la creatividad, sobre todo en la etapa de niños, pero al parecer se va perdiendo con la edad desafortunadamente y nos vamos acostumbrando a lo común. Para Ary era encontrar la respuesta a esa pregunta; que los filósofos y pensadores siguen analizando y buscando responder. Ary no era raro solo tenía el deseo de conocer; él era curioso por naturaleza y lo bueno de nuestro amigo es que no tenía miedo, no tenía pena lo que a muchos jóvenes frena. Tal vez por eso Ary abrió esa misteriosa puerta.

—Mira mi estimado Ary, aclárame tu pregunta –respondió el profesor pensando en que cómo un niño buscaba compararse con su sabiduría.

—Sí profe es sencillo, ¿Cómo le hago para conocer la verdad de todo lo que existe? –la inocencia de tal pregunta era una exigencia no solo hecha al profesor, sino a las autoridades de la educación en general.

—¡Ay! Ary no le busques, no te compliques, no existe la verdad.

Aquí es cuando este hombre debió escuchar esas voces internas diciéndole *"Calla, calla mal profesor, por esa respuesta vil que le diste se abrieron puertas indebidas, por eso Ary olvidó tu nombre, calla, cómo diste una respuesta cruel dada a un niño de once años.*

—Entonces ¿la verdad no existe? –dijo Ary con la desilusión en su voz y en su rostro.

—Mejor vete a jugar y deja de pensar en eso, nos vemos –y el docente se alejó de ahí.

¿Podrá dormir con tranquilidad una persona que se supone debe enseñar cuando da ese tipo de respuestas? El llamado profesor se alejó subido en su "abismo de conocimientos". Ary se quedó pensando, se sentó en el piso y no le importó que la

Tierra siguiera rotando, pensaba solo en la respuesta dada por un sabio; pero él sí descubriría la verdad que todos no habían encontrado. Decía para sus adentros:

—"Sí, yo debo buscar cómo saber la verdad, aunque tarde años, debe haber una forma. tal vez los únicos que lo saben son los sabios del mundo, los adivinos, y los hombres religiosos; voy a investigar".

Lo real es que cualquier niño se hubiese desanimado, tal vez hasta llorado un rato y después ya se hubiera concentrado en algún juego con sus amigos o distraído con alguna nube que pasaba por el cielo; mas no Ary, quien concentrado en tener la razón seguiría en la búsqueda de sus metas, de sus ideas, de sus ilusiones...

> ¿Qué es la curiosidad humana? Es ese deseo que nos atrae para descubrir algo que interesa de forma vehemente y ansiosa. Es como la sensación de tener hambre, no se quita hasta que la satisfacemos; Hay quien afirma que tanto poder tiene sobre el hombre la curiosidad, que ella misma de vez en cuando se busca en el espejo para conocerse.

Así Ary, en ese momento supo que toda su existencia tendría sentido si llegaba a conocer la esencia de la verdad. Pasados unos días de ese triste encuentro se fue a caminar por su ciudad, pensando en esa gran hazaña que tenía que lograr. Parecía que mientras daba pasos iba encontrando personas, en las que, según él hallaba una idea relacionada con sus inquietudes. Así se volvieron personas que le respondían con información relacionada a su gran inquietud:

—Buenos días Señor Peruz —un panadero del pueblo que iba en su bicicleta.

—¡Buenos días! Ary. ¿Qué es la verdad para ti? —en su pensamiento imaginó ese saludo mientras seguía caminando.

—Buen día Petrita —la chica que vendía tamales.

—Hola Ary. ¿De qué te sirve conocer la verdad? —nuevamente en el rostro de Ary quedaba confundido.

—Buen día don Miguel —el vendedor de camotes.

—¡Ary!, saludos muchacho, la verdad puede ayudarte en tu vida.

—Buenos días Ricardo —el lechero del pueblo.

—Ary, cuídate y recuerda que la verdad es un regalo de los dioses.

Los buenos días continuaban escuchándose en sus oídos; pero las preguntas y comentarios que seguían a ese saludo y que escuchaba en su mente, eran tan seductoras, todo lo llevaba a cuestionar la verdad en su vida.

A presuntas ideas siguieron otras: ¿Quién sabrá lo que es la verdad? ¿Qué dirán mis amigos? ¿Qué quiero realmente? ¿Tendré el tiempo para investigar? ¿Qué solución hay? Se quedó parado, como perdido ante un laberinto que le impedía caminar, de momento se escuchó un:

—¡Quítate del camino zonzo! –comentario que lo despertó del trance... y dejó pasar al autor de la frase, un hombre que llevaba cubetas de agua.

—Disculpe, señor –respondió apenado.

Así siguió su caminar, pensando y rumiando sus ideas, cuando se topó con una tienda, un lugar que vendía baratijas, artes, materiales antiguos, casi sagrados y hasta mágicos. Tanto por fuera como por dentro era una mazmorra fúnebre, alguno diría que era la antesala del infierno, por lo oscuro de la entrada y su estrechez, pero como realmente nadie ha visto esa puerta tan temida, no se podría validar esa comparación. Arriba de la puerta aparecía esta frase en un letrero de madera: "Lasciate ogni speranza voi ch´entrate", que dichas palabras se encuentran en La Divina Comedia del conocido Dante Alighieri, traducida en español decía: "Dejad toda esperanza quien aquí entra" Pero Ary solamente entendió: "esperanza y entrar" por lo que sintió confianza.

Se podría decir que la suerte y la desgracia habían planeado conducir a Ary hacia este lugar hechizado, ancestral; donde seguramente la cordura de un adulto se perdería. Cualquiera que leía la frase seguramente pasaba de largo o cruzaba de calle, pero quien viera aquel lugar, aún sin leer la frase se daría la vuelta para nunca volver, no así Ary quien parecía que buscaba justamente ese lugar.

—¡Buenos días! –dijo Ary pasando una tela que cubría la puerta y dos o tres telarañas que no eran adornos, no hubo contestación y repitió su saludo.

—¡Buenos días!

El lugar carecía en primer lugar de luz; un mostrador de cristal con diversos objetos aparecía a la entrada exhibiendo ceniceros, piedras preciosas y arrugadas, oscuras y blancas; cordones de diversos colores, algunos con una nota que describía su función: para el dinero, para la muerte, para la envidia; también había veladoras al por mayor. De frente al local estaba un crucifijo, era tan grande como antiguo, llamaba la atención a pesar de estar mal labrado en la madera, pero el dolor en el rostro sufriente se hacía notar. No se puede decir cuántos objetos formaban parte de la orquesta tenebrosa, pero seguramente había hasta animalejos enterrados.

—¿Hay alguien que atienda? –preguntó Ary, mientras los chillidos de una silla avisaban que alguien se levantaba de ella.

—¿Quién es? ¿Qué quieres comprar? –dijo un anciano.

—¡Señor, vengo a preguntar! Pero si tiene algo que me sirva, capaz lo compro.

—Muchacho, ¿Qué interés tienes?¿Qué buscas?

—¿Sabe?, debo resolver un pequeño problema –refirió Ary.

—No me importan tus problemas yo no leo cartas –dijo el anciano limpiando sus lentes.

Su vestimenta debía asemejarse al lugar, pues eran evidentes las manchas de la ropa; el bigote y los cabellos con mechones de canas. El tiempo había pasado por su cuerpo y por su cara, era delgado, más bien flaco, pues su esqueleto ya era visible. Tal vez de unas seis o siete décadas. El hombre había perdido la amabilidad en su rostro si es que alguna vez la tuvo.

—Señor, yo creo que usted me puede ayudar.

—¿Qué quieres saber? —respondió el anciano; no estaba conmovido, ese sentimiento no cabía en su persona.

—Quiero saber cómo puedo conocer la verdad.

El hombre sintió estupor pues al escuchar la pregunta que lo atormentaba desde tiempo atrás, él creía que los mismos ángeles habían caído de la gloria por hacer una pregunta similar.

—Estoy entendiendo que quieres conocer la verdad. ¿Cierto?

—Así es Señor, usted sí me está entendiendo —la alegría brillaba en sus ojos al ver a un adulto que entendía su inquietud.

—¿Qué estás dispuesto a hacer para lograrlo?

—Usted no me conoce, pero yo soy un chico muy decidido, y cuando me propongo algo lo logro.

—¿Qué has logrado? Cuéntame —dijo el anciano, escribiendo en un papel añoso y sucio, con un lápiz marcado por los pocos dientes que tenía.

—Bueno... —tembló un poco la voz de Ary, buscando inútilmente en sus recuerdos algo que pudiera citar— tengo muchos proyectos, pero ya sabe cómo son las mamás y la mía no me deja realizarlos.

Ante esa respuesta tan poco creíble y floja el anciano se confundió y Ary continuó:

—Pero lo que más quiero es encontrar esa respuesta Señor, y no me iré de su negocio sin que usted me lo diga.

—Entiendo muchacho, pero debes saber que muchos han dejado esta vida sin poderla contestar, incluso han continuado en la otra buscando esa verdad. Yo he escuchado mucho y visto más.

—No importa yo sí quiero ¿Qué debo de hacer?

—En primer lugar, debes comprarme el ave de la esperanza, está a buen precio, pues solo vale 15 pesos.

—¡Démela! –dijo Ary impulsivamente, pero el anciano lo frenó diciendo.

—¿Dónde está el dinero? –respondió el anciano.

Ary sacó de su bolsillo y le dio esa cantidad en monedas . . . Los bolsillos fueron totalmente exprimidos para completarla. El anciano tocaba cada moneda como si fuesen de oro, las contó y abrió un cajón, de donde sacó un colibrí azul y verde, sus colores apenas se podían apreciar, pues estaba casi cubierto por el polvo, como todo lo que había en ese lugar. Ary contempló al pobre animal, seco por la muerte que le había llegado en un determinado momento de su volar. El hombre le dijo:

Este pájaro, según los espíritus, invoca con su aletear a la verdad y al amor.

—Pero si ya no vuela Señor —objetó Ary.

—Calla niño y escucha, lo meterás entre tus cosas y por las noches pedirás el "Don de la verdad" —estas últimas palabras las expresó en todo solemne.

—¿Y el amor? —preguntó Ary.

—Los dos niño, los dos, pero entendí que te interesaba sólo la verdad.

—Sí claro, tiene razón me despido, gracias Señor.

—Corre niño y recuerda que es mejor pedir este don y no abrir la oscuridad.

—¿Qué es eso? Mmmm, bueno, mejor regreso otro día —y cuando Ary se daba la vuelta el señor le tomó el brazo y le dijo:

—Espera muchacho te quiero hacer un regalo, veo eres especial; este libro es muy antiguo, te ayudará a saber tu verdad. Veo que tienes carácter para seguir tus decisiones. Solo cuídalo porque es muy especial y mágico, siempre te dirá lo que debes saber y hacer.

—Sí, lo cuidaré mucho, mil gracias. —Y salió rumbo al atrio a ver su libro, sin darle mucho sentido a las palabras del anciano.

Recorrió el camino lleno de curiosidad por lo que traía en sus manos, no se habla del polvo, sino de su colibrí y el libro.

¿Cómo iba a imaginar que dos semanas después ya no habría quien atendiese el negocio? Que el colibrí muerto ya no podría envidiar la vida del anciano, pues esta había terminado y la tienda no se volvió a abrir.

Ary llegó al atrio, un espacio amplio con unas escalinatas casi destruidas por el paso de los hombres. Se sentó a ver su libro, que como dijo el anciano, era antiguo, pero eso de mágico ¡nada!, al menos aparentemente. Entonces inició a ojearlo y hojearlo, ambas palabras tan parecidas, pero con diferente acción. Muchas páginas estaban en blanco, sólo las primeras tenían escrito algo. Pero bueno, todo tiene un comienzo y ese libro comenzaba con la portada incompleta, pues mostraba arrancada la esquina inferior derecha, habría que agradecer que quien lo rompió no quiso llevarse el texto principal. Lo interesante de este libro era el año en que fue escrito; información que aparecía todavía pegada en la portada en la que se podía leer: de Fray Osid, séptimo del año del Señor 1890. Su título: "Técnicas para encontrar tu verdad". Ary pensaba:

—"¿Qué Señor sería tan importante y rico que tenía su propio año? ¡Qué raro libro!"

Para Ary, lo más interesante de la introducción fueron las letras, pues todas ellas eran bonitas, de forma no común a la que se enseñaba en su escuela.

El mensaje que lo cautivó decía:

"Todo hombre es nacido para ser la gloria a la que está llamado en esta vida; toda gloria es vana y vil si no se deposita en la propia persona. Toda vida que no da todo para sí, está llamada a morir en el ahogo de las voces de los demás. Este libro fue escrito para las personas fuertes, grandes, únicas. No todos lo entenderán y sólo pocos vivirán sabiendo que su vida fue la mayor conquista ganada. Sigue este libro si quieres vivir el amor verdadero y la gloria de este mundo. Dime tu nombre..."

Ary pensaba que había encontrado el libro que siempre buscó, argumento que utilizaba cuando deseaba algo: "Siempre lo quise" lo cual no era real ni por el *siempre* ni por el *quise*. A partir de ese momento se propuso leer el libro cada día; lo sorprendió mucho el tipo de letra, por sus formas y su estilo parecía que las habían escrito desde siglos atrás, opinaba Ary desde la cultura que tenía, pero se puede decir que no era tanta. Lo más interesante era que el libro le había pedido su nombre... Siguió hojeando el libro, que había revisado desde la portada y hasta la página número 1; con hambre de entender todas las palabras, dado que unas no eran conocidas, comprender un libro que mezcla la antigüedad y la magia, no era algo fácil para un chico de once años.

La siguiente frase no sólo llamó su atención, lo petrificó, no por no poder entender las letras, sino porque aparecieron una serie de palabras en el momento que veía la segunda página, que sin exagerar cualquier persona, hubiese tirado el libro pues le parecería brujería maligna; pero para Ary no era así, a veces la curiosidad hace ver todo como si fuera normal. Nadie dijo que la búsqueda de la verdad fuera un tema estandarizado por la normalidad de los sucesos. Lo que quedó escrito fue:

> "Dime tu nombre... Para descubrir la verdad, sólo una puerta debes explorar, la cual no es la muerte ni un más allá de tu realidad"

Así Ary se fue a su casa, pensando durante el camino en el tipo de libro que tenía, en cómo habían aparecido esas palabras y en la petición que le hizo ese libro. Se frenó en una esquina, abrió el libro decidido a decir su nombre y en ese momento se dio cuenta que las palabras leídas unos segundos antes, ahora decían:

> "Ary, nombre raro para la época, no había algo más normal"

Entonces sucedieron dos cosas, la primera se dio cuenta que el libro le hablaba como el anciano le había dicho, y la segunda que era un libro poco educado. Se sentó y dijo:

—Eres grosero libro, yo no te critico por lo viejo y sucio que estás. Pero bueno dime mejor cómo saber la verdad.

Y el libro respondió:

> "Tu pregunta no se resuelve en una palabra, si así fuera la vida no tendría un maravilloso misterio que descubrir. Por ahora te puedo decir que descubras cada día esa porción de verdad que se te da; te recomiendo respetar los tiempos, escucha a los sabios y ancianos, respeta tu etapa de vida. Yo te daré algunas guías ... no me preguntes más por ahora.

Ary no se asustó, entendía que el anciano le había dado un libro especial y único. Quiso volver a preguntar, pero ya no tuvo respuesta. Despechado dijo:

—Pues mi mamá dice que es muy descortés decir que ya no vas a responder –pero también pensó en todo lo que ese libro le podría proporcionar, entonces lo cerró y continuó caminando con la certeza de que tenía en sus manos algo único y como el hombre dijo, lo debía cuidar.

Llegó a su casa, esperanzado por tener además el amuleto del amor y la verdad, medio aplastado en el bolsillo el pobre cuerpo del colibrí. El amor y la verdad, dos valores que toda persona busca hasta el fin de sus días. Por otra parte, el libro misterioso y sacro, que tenía tanto que decir. Pasaron tantas cosas por la mente del chico esa tarde. El pajarito quedó guardado entre sus ropas.

Las dos siguientes semanas fueron muy interesantes: cada día era levantarse, correr, abrir el libro y decir:

—¡Libro háblame, dime algo! –pero el libro no respondía.

Así pasaron los años. Ary creció en tamaño e inquietud, cuidando su libro y su amuleto. Su curiosidad siguió y lo llevó a límites que no se deben pasar, ni por las reglas humanas ni por las de los no vivos. Su búsqueda se incrementó complicando toda la existencia que conocía.

Capítulo 3

Abrí la puerta

A veces por querer descubrir ciertas verdades abrimos puertas insospechadas. Ary tenía muchos pensamientos cada día y sus ideas siempre giraban básicamente alrededor de esta lista: Claret, la escuela, Claret, su familia, Claret, saber la verdad, Claret, aprender, Claret... No era fácil entender a Ary, pero finalmente: ¿Quién dijo que entenderse a uno mismo era fácil? Mientras tanto, él continuaba escribiendo en su diario ¡Perdón! Quise decir "compartiendo su mundo de ideas y sensaciones con Tlato".

26 de julio de 1998

Tlato:

¡Han sido tantas experiencias en la escuela! Y me doy cuenta que sí me gusta aprender; estudiar no era como pensaba. Nunca había experimentado la sensación de aprender algo y poderlo explicar sin tener que leerlo. Hoy me pasaron al frente para contestar una pregunta y pude decir la respuesta sin que nadie me la dijera por detrás. Fue una sensación muy agradable.

¿Sabes amigo? Todos me miraban como si fuera un sabio; hubieses visto las expresiones reflejadas en las caras de Moi, del Pecas, del Chino y de Rulas; ellos siempre me decían: "estudian los perdedores". Pues ahora se quedaron con cara de tamal abierto, a punto de comerse. ¡Jajaja! Ahora sé que el que aprende sobresale de los demás. Bueno, eso lo dijo la maestra, pero ¡sí estoy de acuerdo!

Por otra parte no puedo dejar de pensar en tantas otras cosas, ya sabes: la verdad, Claret, mi familia, mis amigos, tantas cosas.

Descansa ahora Tlato. Yo intentaré hacer lo mismo.

Ary continuaba en su lucha por olvidar lo que escuchaba; pero eran tantas situaciones que pasaban por su cabeza, que intentar frenar su mente sería como tratar de interrumpir la marcha de un tren que va a toda velocidad. Tal vez con ese caudal de ideas buscaba callar las voces que de noche lo depredaban, pues lo acechaban de tal forma que parecía que esperaban segundo a segundo que se ocultara el Sol para que en sus oídos comenzara a sonar el tormentoso: *¡Ary! ¡Ary!*

Era duro continuar con su vida en esa situación, cada noche sentía que se perdía, que su vida lo dejaba, que la cordura lo abandonaba; soportar las voces que cada día lo esperaban durante las sombras, acompañadas a veces de ciertas visiones y ruidos. Era sentirse vacío y necesitado de ayuda, pero sin saber a quién acudir. Eso pesaba mucho para sus 15 años, quizá algún chico de esa edad en tal situación pudiera desear terminar esa vida, pero Ary, afortunadamente era consciente de que había personas que lo amaban y que él también quería. Así los días se componían de la escuela, donde pasar las materias le originaba esa adrenalina que lo motivaba a hacer lo necesario para lograrlo y que de alguna forma lo distraía de su pesar, Claret, pues no podían faltar algunos pensamientos dedicados a ella, quien era la parte tierna y bonita del día y finalmente prepararse para intentar dormir por las noches aún en medio de tanto barullo en sus oídos.

Él era un chico muy amiguero, conocía a muchos chicos y chicas de su edad; todos ellos, por alguna razón, le compartían sus confidencias y no porque él lo buscara sino porque entre sus dones estaba el de saber escuchar. Entre sus amistades nos centraremos en una particularmente, la que ayudó a Ary a abrir la puerta de la verdad, bueno así fue la frase dicha por su amiga, "Eda".

Esto ocurrió así:

Cierto día Ary salió de la escuela como de costumbre, pero en la esquina de la calle se encontró con Eda, que por una parte le daba cierto miedo, pero que por otra lo provocaba a romper reglas ya establecidas; ella era de esas personas que exhalan peligrosidad.

—¡Hola Eda! ¿Qué cuentas? —buscando hacerse pasar por el buena onda y atrevido.

—¿Qué milagro mojigato?¿Por qué no me has llamado? —efectivamente Ary solía hablar con Eda para contarle sus aventuras, para que lo aconsejara, bueno decir mal aconsejar sería lo correcto.

—Ya sabes Eda, la escuela me ocupa –buscaba excusas para mentir de forma discreta.

—¿Y qué onda con esa tipa?

—¿Quién? –dijo con tono dudoso.

—La Claret, Babotas –era justo el tema que Ary no quería tocar con Eda.

—Pues... Vamos bien, la verdad. Pero cuéntame cómo van las cosas en tu casa y en la escuela. Soy todo oídos –con ingenio Ary cambió el terreno de la conversación y con su calidez invitaba a olvidar todo prejuicio, para estar al nivel de Eda.

—Bien, bien. Me escapé de la escuela el otro día, fue súper.

—¿A dónde fuiste? Cuéntamelo todo.

—Ya sabes Babotas, de acá para allá y luego de regreso. Nadie se dio cuenta de mi ausencia, ya sabes cómo soy –dijo con aire jactancioso.

El diálogo siguió entre miel y veneno, azúcar y vinagre. Se debe mencionar, que ella era unos dos años mayor que Ary. Para su edad esta chica no tenía límites. Su cabellera negra resaltaba la blancura de su rostro con pecas y sus ojos mostraban un color de sensualidad suficiente para intimidar al chico. Dentro de la conversación Ary no pudo callar su gran búsqueda y compartir eso que sentía lo haría interesante para su amiga.

—¿Sabes que busco la verdad Eda?

—¿Pero de qué hablas Babotas? ¿Cuál verdad?

—Imagina que puedes conocer la verdad de todo. ¿No te gustaría saber lo que realmente piensa cada persona?

—Eso yo siempre lo obtengo mi querido Babotas —mostrando cierta coquetería en su rostro.

—No hablo de eso Eda, piensa... La verdad de todo.

—¡Uff Ary! Sabes que eres mi súper amigo, estás guapillo, pero dices cada cosa que suenas rarísimo ¿eh?

—Eda, ¡Venga! Yo sé que tú me entiendes. ¿A poco nunca te has preguntado cuál es el sentido de esta vida?

—De que te empiezas a poner raro, lo haces y con ganas.

—Amiga, sólo quiero saber más de lo que nos dicen los adultos y en la escuela. ¿Qué tiene de malo eso?

—Bueno... ya que quieres saber de esos temas, te contaré lo que me comentó una anciana una vez, sonaba como a lo que tú dices. Ella me insistía mucho que la fuera a ver, qué según me daría lo que yo quisiera.

— ¿Y qué pasó la visitaste?

—¡Para nada Babotas! Hay adultos que son raros y peligrosos, nadie da algo gratis. Eso lo debes aprender.

—¿Por qué lo dices?

—¿A poco no sabes que hay adultos, buena gente que te lastiman para cumplir sus placeres? Muestran una cara, pero son abusadores de jóvenes como nosotros.

—¿Pues con quién te andas juntando Eda?

—¡A ver! Para regaños, déjalos a mi madre. ¿Quieres que te diga lo que me dijo la anciana o no?

—Sí dime, dime.

—Bueno me dijo algo, que no te recomiendo hacer, yo al menos no lo haría.

—Dime por favor –la escuchaba emocionado, como quien recibe la noticia de un premio de lotería.

—Si quieres saber más de esta vida y de la otra. . . –cortó la frase y sonrió con ironía.

—¿Cómo? ¿A poco puedo preguntarle a alguien?

—No a alguien Babas… a algo y sí responde, "bueno eso me dijeron" –palabras características de una adolescente.

—No te entiendo Eda, explícame –la curiosidad del chico aumentaba.

—Saber más que los demás implica que estás dispuesto a no tener límites en la forma de obtener ese tipo de información.

—Sí, te entiendo y sabes que yo sí quiero saber.

—Bueno te lo diré... pero no puedes contar a nadie que yo te lo dije ¿eh? —la conversación tomó una seriedad de adultos.

—Está bien, dime. ¿Tú lo has practicado? —buscando tener una noticia que le animase a continuar con la plática.

—No, yo no, no me interesa. ¿Quieres saber sí o no? Ya me tengo que ir...

—Dime, por favor —su expresión se deshacía en angustia suplicante.

—Mira a las doce de la noche de cualquier día, vas a prender una vela delante de un espejo que sea grande, en especial que esté en tu cuarto. Te acercarás lo más que puedas al espejo viendo tu reflejo y trata de ver dentro del espejo pero sólo puedes alumbrarte con esa vela. Mientras te ves, tendrás que decir tres veces: *Umbra umbre venit*. Fue tal la intensidad con la que Eda pronunció estas palabras que se hizo un silencio en la calle, el viento se frenó y los pájaros callaron al escuchar las extrañas palabras en latín antiguo.

—¿Y qué significa eso? —inquirió Ary.

—¡Mmm! Pues, algo así como. . . vengan sombras... o algo así Babas. ¡Qué sé yo! —ella se despidió con su típica sonrisa coquetona y Ary se quedó pensativo.

—¿Será la respuesta que estoy buscando? Debo platicarlo con Claret.

Ary tomó el rumbo a su casa, perdido como siempre en sus pensamientos y repitiendo la frase que le había enseñado su amiga para no olvidarla. No se percató que por todo el camino al ir repitiendo dichas palabras, muchos gorriones y zanates de la zona, caían sin vida detrás de él. Algunos dirán que es un misterio, otros lo verán como un fenómeno provocado por la acción de la naturaleza. Lo que se puede entender es que la frase que llevaba en sus labios en realidad era la maldad de una fuerza que no quería la vida y que al ser invocada arrebató la existencia de las aves que se cruzaban en el camino de Ary. Cuando llegó a su casa, lo primero que hizo fue ir a su cuarto para anotar esas palabras, tomó pluma y papel, pero al empezar a escribir escuchó que del buró donde estaban sus objetos personales, salían unos ruidos. Pensó entonces:

—"No creo que el colibrí se esté moviendo, ya lleva años entre mi ropa y desde luego que está sin vida" –recordemos que dentro de las cosas personales estaba ese pajarito y el libro mágico que recibió en su infancia. El ruido dentro del buró se hizo más intenso y ahora acompañado de un leve movimiento del mueble, esto asustó al muchacho, pero pese a su temor abrió el cajón del buró y se percató que el libro se agitaba como si alguien lo moviera. Asombrosamente, las páginas estaban casi en blanco y en la página donde se había leído el último texto, apareció esta frase:

"No escribas palabras de muerte... La verdad siempre acompaña a la vida"

Ary intentó dar vuelta a esa página pero se percató que no esto no era posible. Quiso entonces cerrarlo, pero el libro se volvió a abrir en una página donde se fue escribiendo lo siguiente:

> *"¿Es difícil entender lo que te digo?"*

Ary tomó el libro y dijo:

—¿Qué me quieres decir? Estabas tardando en hablar —ante el silencio del libro Ary lo cerró para guardarlo hasta debajo de su ropa, y así evitar que se abriera otra vez, tomó el lápiz y la hoja y continuó a escribir la frase: *"Umbra umbre venit"* y detallando todo lo que debía de hacer según Eda, no supo si escribió bien las palabras del latín, pero lo hizo según le sonaba, por eso lo hizo mal, dado que lo correcto era *"Umbra umbrae venit"*, pero esa información estaba fuera del alcance de nuestro amigo. Después de escribir sentía el impulso de expresar lo que le había sucedido, pero ese grado de confianza solamente se tiene uno con la propia alma, entonces se decidió escribirlo en su diario:

28 de julio de 1998

Tlato:

Hoy encontré una forma para llegar a la verdad. Por una parte me siento confiado en que funcionará pero te confieso que también me da algo de miedo. El libro me habló y lo que dijo me quitó la tranquilidad, mejor no hubiese hablado. ¿Me entiendes verdad? Bueno Tlato descansa.

Su siguiente impulso fue llamar a Claret; tomó el teléfono y marcó su número.

—Sí bueno, por favor con Claret.

—Soy yo Ary —respondió con ese tono de voz que al chico le mejoraba el ánimo.

—Hola, Claret —el nervio le sacudía su voz, pero su voluntad estaba firme.

—¡Qué gusto que me marcaste! Deseaba escucharte —dichas palabras eran como una invitación para que se olvidara de todo lo demás, pues Claret pasaba con su voz de la ternura a la sensualidad y él no sabía cómo reaccionar ante eso.

—Sí Claret, yo también; es grato escucharte. Quiero contarte algo para saber tu opinión.

—¿Qué quieres decirme? —Ary entendió que no le debía mencionar su amistad con Eda, pues aunque su nivel de prudencia no era muy alto interiormente sabía que no la debía mencionar; sin embargo a veces la lengua no se conecta con la inteligencia y terminó por decir:

—Hoy platiqué con Eda y me dio un consejo para, ya sabes, saber la verdad.

—¡Ah, platicaste con tu amiguita! —algo prendió en Claret, que lanzó semejante expresión, como era una población pequeña, todos se conocían; y el tono de Claret hizo caer a Ary del cielo en que estaba a la sequedad desértica, ella con eso dejaba claro el mensaje: "Estoy molesta porque hablaste con ella".

—Claret, espera, eso no es lo importante, la encontré en el camino, pero platiqué poco, casi nada.

—¿Y de qué hablaron? –pregunta que por el tono sonaba como un cuestionamiento ante un tribunal de justicia.

—Eso mismo quería comentarte –respondió temeroso.

—Te estoy esperando –la ternura ese día se había acabado para Ary.

Ary entendió que ser prudente es distinguir lo que se debe decir y lo que ni siquiera se debe pronunciar, pero su interés por el tema era en ese momento más importante que el enojo que mostraba Claret.

—Pues le pregunté sobre cómo conocer la verdad –buscó explicar los motivos de su plática con Eda; después de escuchar todo, Claret tampoco fue prudente y respondió.

—Si tantas ganas tienes de hacer lo que te dijo, hazlo –sentenció.

—Gracias Claret, por escucharme, luego te cuento lo que pasó –Ary colgó el auricular dado que había recibido la aprobación que necesitaba, e independientemente del tono en que fue pronunciada, pero él no entendía que Claret no había podido expresar lo que sentía, al colgar el teléfono la dejó con un mar de palabras y sentimientos que revoloteaban en la mente de la chica:

—"Pero ¿Por qué platicaría con esa tipa? ¡Qué injusto! Todo por una simple duda. Seguramente ella querrá otra cosa y Ary tan ingenuo no sabe descubrir sus malas intenciones. Yo fácilmente le podría responder a esas preguntas que anda haciendo, que si la verdad, que si la mentira, ¡por favor! Ary lo que quiere es que esa le ponga atención" –Era evidente que Claret ardía en enojo por el encuentro del muchacho con Eda, pero lo que más le había molestado es no haber podido expresar todos estos pensamientos y sentires de su corazón.

Ary esa tarde planeó todo para hacer lo que él llamaba "el despertar", aunque no sabía por qué lo había titulado así, tal vez porque de alguna manera intuía que cambiaría su vida, especialmente su madurez y la forma de ver el mundo. Así llegó a su cuarto, aún con dudas de lo que había escuchado, pero sus emociones le decían que debía hacerlo, además tenía a la mano todo lo que necesitaba. Sacó de la cocina una veladora y la dejó preparada en su cuarto, ya sin miedo, convencido de vivir la siguiente etapa. Al caer la noche, a la hora indicada, tomó la veladora con la mano izquierda, que le temblaba por el misterio que todo aquello representaba y la encendió con un encendedor rojo que había pertenecido a su abuela y que para evitar que ella fumara el chico había escondido en su habitación. Las voces fueron más intensas en ese momento, él apagó la luz y con una sensación de vacío en el estómago se acercó al espejo manchado por la grasa de los dedos, todo su cuerpo transpiraba abundantemente, como si hubiese corrido un maratón; puso la vela junto al espejo y acercó su rostro al espejo lo más que pudo, sus retinas tenían la intención de meterse y pronunció las palabras con la fuerza de quien anhela ser escuchado:

—*Umbra umbre venit* –esperó unos segundos y las volvió a decir por segunda vez; sus ojos fijos en el espejo, buscando llegar a su objetivo y callar esas dudas que lo atormentaban. No había cambio alguno, entre miedo y decepción, pronunció por tercera vez:

—*Umbra umbre venit* –la veladora se apagó y dentro del espejo pudo apreciar un tono gris llenando todo su cuarto en el reflejo, dicho tono de color era más cercano a la soledad que vive una persona a punto de quitarse la vida. Fue entonces cuando lo vio un ser humanoide, sin piel, como una sombra, pero aún más oscura que las que vemos en la realidad, en su forma lo único que se podía apreciar eran dos ojos llameantes que lo observaron fijamente. El movimiento de su cuerpo hacía notar que tenía respiración. De pronto se inclinó hasta apoyar lo que sería una rodilla en el suelo y lo que pareciera ser la otra, a medio doblar.

Ary volvió a encender la veladora que aún sostenía con la mano izquierda para alumbrar su oscuro cuarto, alejándose presuroso del espejo, trató de correr hacia el pasillo para salir de la habitación, no podía respirar, se sentía sofocado, pero la puerta estaba atorada, con desesperación trató de abrirla. No podía, lo que estaba viviendo era algo más allá de un colibrí seco. Volteó hacia el espejo, lo vio cimbrarse como si algo lo agitara; una mano comenzó a salir, la vela daba luz suficiente para visualizar cómo escapaba del espejo, siguió el brazo apoyándose del marco; después una cabeza, la otra mano, el torso y finalmente las piernas, que arrastraba como si le pesaran. Era como ver salir un insecto que rompe una telaraña o una larva dejando su capullo. Esa sombra estaba fuera, con postura jorobada.

Los segundos parecieron horas, Ary estaba petrificado no podía moverse y la voz se le había congelado, trataba de balbucear y sólo salían ruidos de una garganta húmeda, como si se hubiera tragado algo que le impidiera pronunciar cualquier palabra. En su mano izquierda apareció un signo, una marca oscura, la reconoció de pronto, era la figura de una guadaña

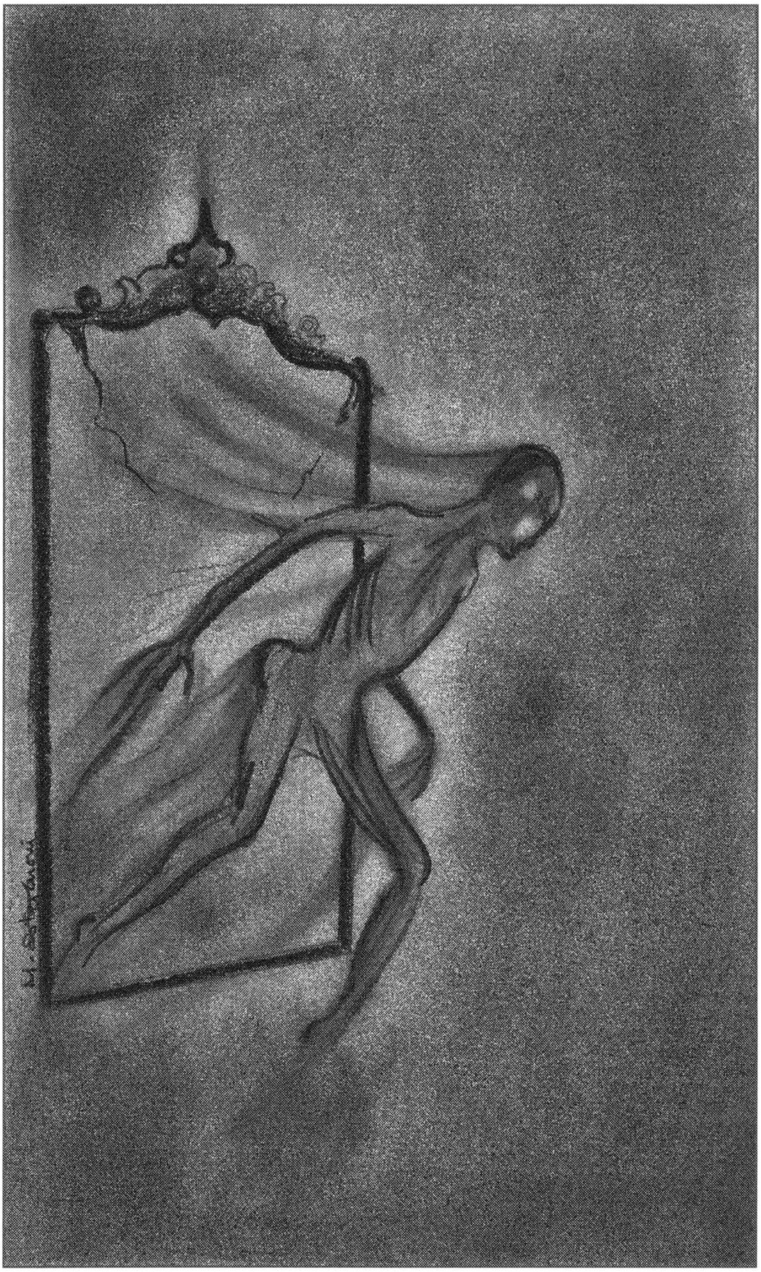

de no más de dos centímetros, entonces pudo salir un desesperado grito, con todos sus pulmones:

—¡Mamá! –grito que invoca el poder de un ser que daría todo por defender a su cachorro. Se escucharon unas pisadas y entró su madre.

—¿Qué pasa hijo? –mientras empujaba la puerta, la sombra corrió hacia la oscuridad del ropero de Ary.

—¿Qué quieres niño? ¡Me espantaste! –volvió a preguntar su madre y a pedir una respuesta de semejante grito.

—¡Nada, má! Se apagó la luz, yo creo una pesadilla y me espanté.

—Ary, no vuelvas a llamarme de esa forma, y no vayas a prender esa vela que vas a causar un incendio –dijo la mujer mientras salía de la habitación arreglando su cabello.

—Má, no te vayas, por favor –dijo el chico tratando de disimular su espanto.

— ¿Qué quieres hijo? –se paró al filo del cuarto.

—¿Puedes revisar el armario? –su tono estaba por quebrarse, le angustiaba pensar que había liberado algo desconocido y tal vez terrible.

—Sí hijo, pero tranquilo, no te pongas así –la mamá caminó hacia el armario pensando que tal vez un roedor se había metido y que eso era lo que en realidad había asustado al muchacho. Ary tenía sus ojos en el rincón donde segundos antes esa sombra había desaparecido. Renata abrió todo el armario sin encontrar otra cosa que ropa sucia que se debía lavar, y cajas llenas de cosas viejas.

—Hijo, nuevamente ropa sucia en el armario. ¿Qué voy a hacer contigo? –Ary volvía a respirar.

—¿La saco ahora mismo ma? –respondió y salió de la habitación junto con su madre buscando alcanzar la cama de sus padres donde había seguridad.

Sus primeros pensamientos eran comentar lo que había sucedido, pero ¿con quién? Su mente estaba confundida debatiendo, razonando si lo que había sucedido era real o ilusión. Pensó en Claret pues sabía que sus amigos no podrían ni escucharlo, se los imaginaba riéndose haciendo bromas. Se quedó dormido pensando en eso, buscando pensar que todo fue un sueño.

La mañana siguiente fue un sábado y eso le permitió emprender el camino hacia la casa de Claret con toda prontitud. No sintió la distancia de lo fuerte que corrió, seguramente hubiera podido superar el récord de un atleta.

—¡Claret, Claret! –llegó vociferando y tocando la puerta insistentemente.

—¿Quién? –se escuchó una voz detrás de la puerta.

—Señora, ¿está Claret? –su agitada respiración y el nerviosismo le causaban dificultad para hablar.

—¿Quién la busca?

—Soy Ary Señora —como si su nombre lo fuese a identificar la mujer.

—Ahora le aviso —mientras volvía a asegurar y cerrar la puerta. Claret ya había escuchado las voces, sentía alegría aunque también recordaba los enojos que le había causado Ary y que consideraba que todavía se debían pagar.

—¿Ary qué haces aquí tan temprano?

— Claret debo contarte algo —la mamá lo observaba como un bicho que llega a invadir a una hora no tan apropiada.

—¿Podemos platicar? —Claret volteó a ver a su mamá quien asintió con la cabeza y dijo:

—En la banqueta puedes estar —se sentaron los dos en ese lugar y Ary explotó con miles de palabras.

—Hice nuestro secreto Claret.

—¿Cuál secreto? —ella sólo esperaba el momento para soltar los reclamos acumulados del día anterior.

—Ya sabes, lo del espejo.

—¡Dime que no lo hiciste por favor! —dijo mordiéndose nerviosamente el labio y olvidando los enojos.

—Anoche lo hice, tú estuviste de acuerdo ¿lo recuerdas?

—Sí lo recuerdo, pero estaba enojada y por eso respondí así.

—Pensé que lo decías en serio.

—¿Y qué sucedió? Dime, seguramente nada ¿verdad? –la pregunta fue como una súplica deseando que ese ritual fuera algo inventado por aquella muchacha que tan mal le caía.

—Todo lo contrario Claret, mira lo que me apareció en la mano, es como si hubiera abierto una puerta y lo vi, bueno la vi –sus palabras eran tan confusas como el comentario.

—¿Qué viste? ¿Qué significa? –las preguntas de Claret eran igual de mal formuladas.

Ary narró todo lo que había sucedido; Claret abría y cerraba sus ojos, su piel tenía otra textura, cambiaba de color con lo que escuchaba, de rosado a blanco, de blanco a rosado. Cuando terminó de contar lo que había sucedido el muchacho le preguntó:

—¿Qué piensas? –Claret estaba congelada, tanto por lo que había escuchado como por el viento frío del amanecer.

—No sé Ary, capaz que eso, lo que haya sido ya se fue... yo creo. Debes taparte esa marca y ver cómo quitarla.

—No lo sé Claret... pero ya tengo que irme con mis papás, sólo te lo quería contar, y tienes razón así lo haré taparé esta marca –Ary no iría a su casa como le había dicho a Claret, tenía que ir a buscar respuestas y para ello buscaría a Eda. Emprendió el camino para verla; pero como su casa no quedaba muy lejos de la de Claret tomó otra ruta aunque fuera menos directa, el caso era evitar algún malentendido.

Cuando por fin llegó con la chica no tuvo necesidad de tocar la puerta pues ella se encontraba ya en la calle bailando y platicando con unos. Ary dijo sin timidez alguna:

—Hola Eda, ¿Bailando tan temprano?

—¿Qué quieres Babotas? –respondió mientras seguía en su danza perdida en la música y con la aprobación de las tres muchachas y dos chicos que la circundaban.

—Quiero contarte algo muy importante –trataba de hacerle señales para que se detuviera y lo atendiera pero la joven estaba concentrada y no percibía el mensaje, seguía moviendo sus piernas y cadera al ritmo de la música, y era lógico pues vivía esa etapa de la vida donde el valor de todo está centrado en la diversión y poco importa todo lo demás. Ary, en cambio nunca vivió esa fase igual a su amiga pues había madurado más rápido de lo normal.

—Quería contarte que hice lo que me dijiste…

—Hoy no ¿No ves que estoy bailando? –sus amigos reían burlándose de él.

Ary se alejó y ella lo observó por unos instantes pero no podía dejar de disfrutar ese momento, no sabía cuántos así tendría en su vida y como abeja que no deja de libar la miel; Eda no podía dejar el placer que le producía ser popular. Mientras veía alejarse a su amigo, pensaba:

—Ese Babotas, se toma todo en serio, debería quedarse a bailar conmigo, pero siempre pensando en su futuro, ¡babas! Ya lo buscaré –y siguió en su momento.

Ary ahora sí tomó el camino hacia su casa, pero hizo tiempo para que se pasara el día, caminando de un lado para otro y pensando en todo lo que había vivido. Había tomado una decisión y sus ojos reflejaban su firmeza, con o sin ayuda tenía que enfrentar lo que viniera. Con paso seguro llegó a su casa y saludó a sus padres, quienes conversaban en la cocina.

—Hola pá, ¿Qué tal má? –dijo sin detenerse a conversar.

—¿Oye hijo no nos vas a contar nada? –preguntó la madre.

—Perdón, es que ando desconcentrado.

Los padres de Ary sabían de la existencia de Claret, por ello creían que todo pendiente de su hijo giraba en torno a la chica. Pensaban la típica frase de "está en la edad de la punzada" o "está en la edad del pavo" como se denomina en algunas regiones a la adolescencia.

—Me voy a mi cuarto –dijo mientras cubría la marca de su mano con un trapo.

—Descansa hijo, te veo muy agitado– dijo su padre.

En algún momento de nuestra vida todos pasamos por alguna situación que nos marca, pues cualquiera que sea la decisión que tomemos, nuestra vida cambiará para un sentido u otro. Así fue para Ary regresar a su cuarto, sabía que ese momento era decisivo. La tarde ya había caído.

Entró en la habitación, cerró la puerta y prendió la vela con la que había hecho todo el rito, sus piernas le temblaban. Abrió las puertas del ropero, lugar donde la sombra se había introducido. Entonces, tratando de darse fuerza con el tono de su voz, expresó:

—¡Sal! –pasaron unos instantes, para él fueron interminables y cuando estaba a punto de encender la luz aquella sombra salió de la oscuridad del mueble arrastrando su cuerpo y dirigiéndolo hacia donde la pálida luz de la veladora le permitía a Ary ver un poco mejor. Ary, de pie frente a la sombra, preguntó:

—¿Qué o quién eres? –sentía su mirada pero no podía ver sus ojos, solo escuchó una especie de sonido, como una persona que sin poder respirar exhala palabras.

—Ayish es nombre mío –dijo ese ser hincado en sus dos piernas y viendo hacia el suelo, como si suplicase algo, apenas su español se entendía.

—¿Qué eres? –dijo Ary con voz temblorosa.

—Ayish llamar me y Ayish ser yo –su voz era sepulcral y asfixiante.

—¿Qué quieres de mí?

—Ayish, venir porque lo llamar, dime qué quieres tú.

—Este... ¿Desde cuándo me sigues?

—Día de espejo te vi y nos, me llamaste... –en el mismo tono sofocado.

—¿Cuánto tiempo te quedarás? —esperando una respuesta que le diera tranquilidad.

—Ayish no irse, Ayish abrir muchas puertas que poder cambiar tu vida —al parecer Ayish sabía mucho porque había vivido demasiado, o al menos eso supuso Ary, quien con menos temor dijo:

—¿Y ahora qué harás?

—Ayish seguirte, Ayish estar contigo, Ayish contigo vivir, Ayish vivir de ti.

—Pues acá sólo hay una cama —tratando de mostrar carácter dominante.

—Ayish estar en oscuridad siempre.

—¿Tú me hiciste esta marca en la mano?

—El signo del *óbito*, en tiempo descubrirás —dijo asfixiando las palabras.

La sombre se fue hacia el armario donde se había ocultado anteriormente y Ary extenuado emocionalmente de todo lo vivido ese día, se quedó dormido aun cuando trataba de no hacerlo para permanecer vigilante. Su mismo pendiente lo hizo despertar a las 3 de la mañana, vio los ojos de Ayish que lo miraban fijamente desde el armario, salió del cuarto para irse al de sus papás procurando no despertarlos y poder descansar en paz. El domingo sus padres salieron de paseo muy temprano junto con Ary, pasaron un día familiar y regre-

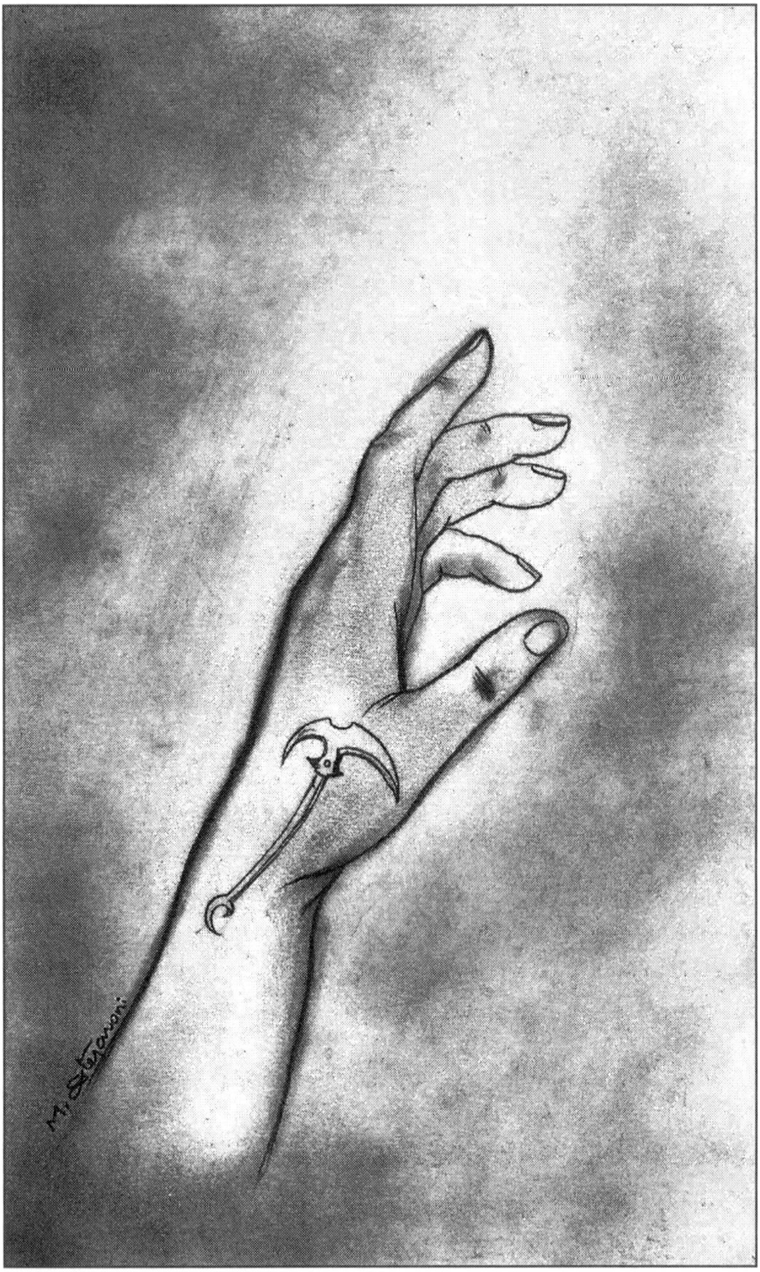
M. Stefanoni

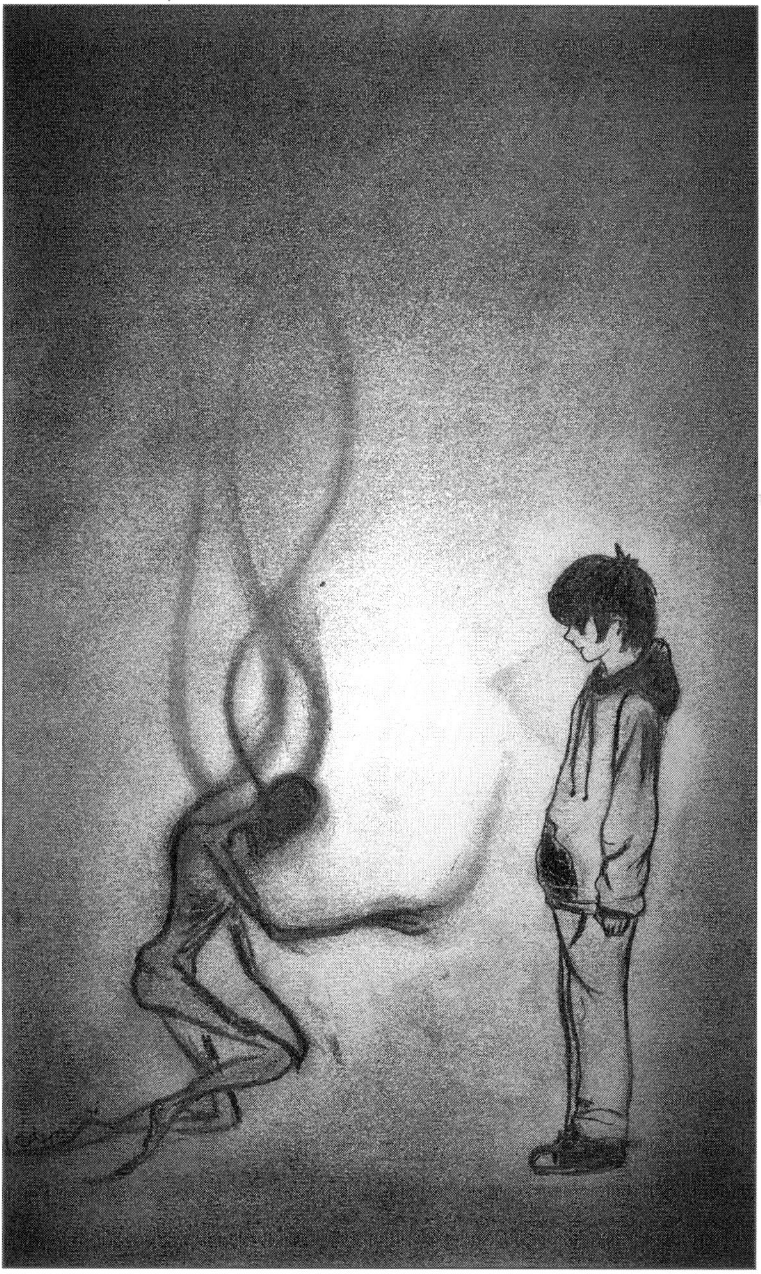

saron ya por la noche, no sucedió nada y Ary estratégicamente durmió en la sala.

El lunes Ary por la mañana regresó a su cuarto antes de que sus padres despertaran pero la incipiente luz del día le dio confianza para entrar a prepararse para ir a la escuela. Al entrar al cuarto se percató que Ayish no estaba, abrió la puerta del clóset y sólo el rechinar de la madera le respondió. Entonces escuchó un ruido proveniente del sitio donde había guardado el libro, abrió el cajón y el libro abriéndose mostró esta leyenda:

> **"En esta vida tendrás que tomar miles de decisiones, algunas son tu salvación y otras tu condena, ésta fue así. Las condenas tienen un inicio y la tuya comenzó con ese ser"**

Ary quedó desconcertado con tremenda sentencia, era el peor mensaje que pudo recibir. Esperando alguna aclaración esperó unos minutos, pero el libro ya no volvió escribir. Consternado fue por sus útiles escolares y después de tomar unas cucharadas de su desayuno, más que por hambre para evitar que sus papás lo cuestionaran por su inapetencia, partió hacia la escuela sin saber que ese día traería grandes cambios a su vida, el primero que a partir de entonces tendría que cubrir la marca de su mano pues no desaparecería. Apenas abría la luz del día y rumbo a la escuela dio vuelta por una calle por la que siempre pasaba, pero hasta entonces no había tenido importancia saber que conducía al cementerio del pueblo, sus bardas no eran muy altas y Ary por lo regular pasaba a un costado de ellas, pero esta vez al llegar a la reja del camposanto un extraño viento alborotó un poco su cabello y sintió el impulso de entrar; giró la cabeza viendo las tumbas cercanas a la entrada, unas viejas y rotas, otras de modelos más recientes, se percató que en medio de ellas un niño de escasos siete años lo veía con atención. Ary le gritó desde el pórtico:

—¡Niño! ¿Qué haces ahí? —diciendo esto comenzó a adentrarse al lugar casi sin darse cuenta. El niño se rascó la cabeza y no se movió. Ary se acercaba hablándole.

—¿Dónde están tus papás? ¿Te perdiste? —mientras recorría el pasillo que lo llevaba al pequeño, en medio de nichos y lápidas.

Al acercarse pudo ver la limpia ropa del niño, aunque de apariencia antigua, su camisa de botones más bien grandes y pantalón marrón.

—¿Qué haces aquí? —el niño ágilmente se ocultó detrás de una figura de mármol sucia y antigua.

—¿Cómo te llamas? —preguntó Ary mientras lo buscaba. Los rostros de los niños tienen la característica de ser angelicales, por algo son almas puras según las historias bíblicas.

Cuando Ary se acercó detrás de la tumba donde le parecía que se había ocultado, el niño no estaba. Ary supo entonces que algo ocurría en su vida pues sintió un frío en su piel que hacía que los vellos de sus brazos se erizaron. Presuroso tomó el pasillo de regreso y se alejó sin la más mínima intención de voltear, consciente de que ese encuentro estaba rodeado de misterio. El resto de la mañana fue normal en medio de las clases y pláticas cotidianas con sus amigos, pues entendió que

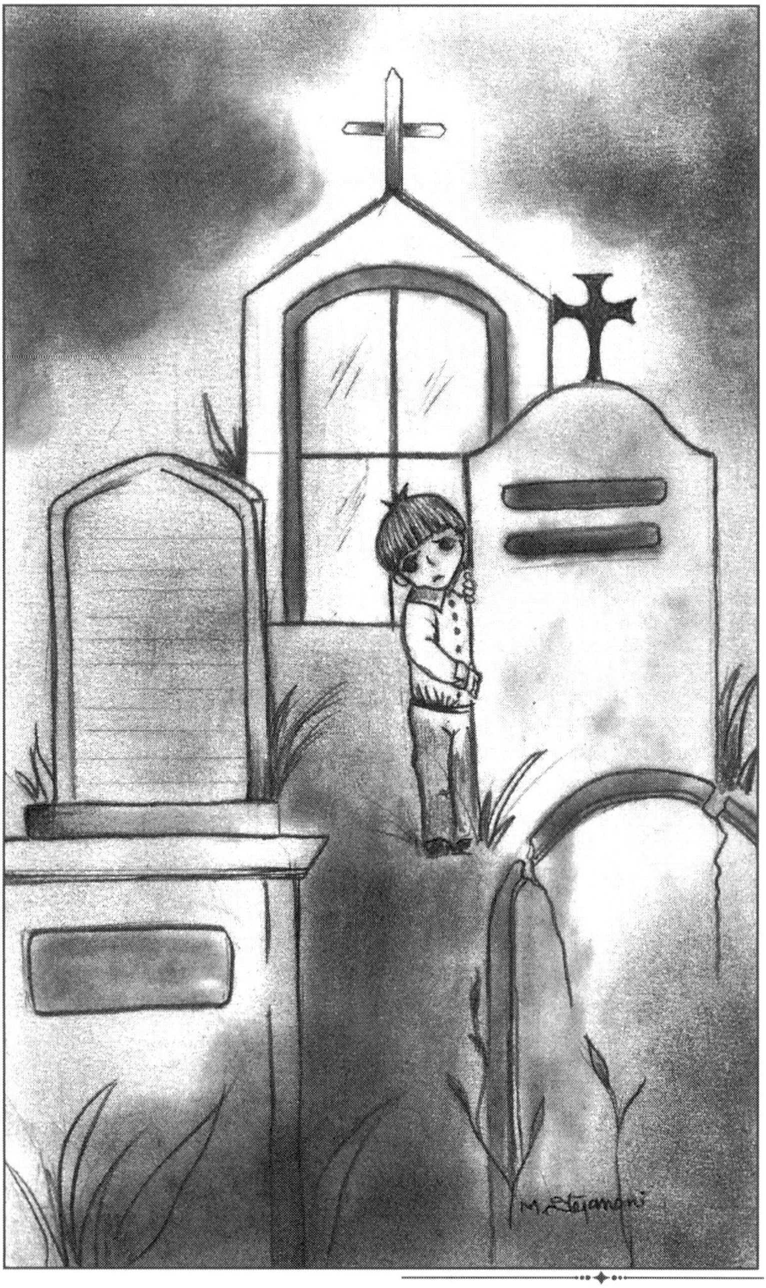

no podía contarles lo ocurrido. De pronto, al voltear hacia una ventana vio a Ayish, que se escondía para no ser visto por los demás, Ary salió corriendo hacia el lugar y asegurarse de que no era su imaginación, pero Ayish ya no estaba.

—¿A dónde fuiste tan de prisa? –le preguntó el Chino quien lo siguió.

—Es que me pareció haber visto algo.

—Te veo raro Ary.

—No amigo, vamos al salón que ya es hora –en su rostro trataba de mostrar tranquilidad, pero sus ojos delataban su inquietud. El Chino pensó que Ary tendría problemas con las calificaciones, lo que para ellos era una constante y por eso añadió en tono suspicaz:

—Lo sé todo, no mientas –Ary no creía que su amigo supiese su gran secreto, pues solamente lo había compartido con Claret, por afecto y con Eda, por necesidad, así que con tono seguro respondió:

—¿A qué te refieres?

—A lo que tú ocultas pero que yo veo –también dichas con seguridad por el Chino.

El tono confiado del amigo, dejó sin habla a Ary, por su mente pasó la idea de que el Chino también había visto a la sombra. En ese momento llegó la profesora Consy, quien arremetió contra los dos por no haber ingresado al salón de clase; fueron muchas las palabras que dijo, pero Ary apenas escuchaba, sólo un pensamiento acaparaba su mente: "Chino lo sabe". Cuando la profesora terminó la querella los chicos pasaron al salón y el Chino volteó a ver a Ary y le dijo:

—Ya no te preocupes tanto, yo sé que sí vas a aprobar —Ary entendió entonces que el Chino se refería a las dichosas calificaciones y no a su secreto, esto lo hizo respirar con alivio, pero casi al punto se le corta el suspiro pues al levantar la mirada pudo ver que en una esquina del edificio se mostraban los profundos ojos de Ayish. La profesora al ver la expresión de Ary le preguntó:

—¿Qué ves? —levantando la cabeza pudo ver la profunda mirada de unos ojos que observaban, pero dominando su miedo siguió hablando a sus alumnos como si nada ocurriera, en un momento con suma discreción con su mano derecha hizo el signo de la cruz santiguándose de espaldas a los alumnos, por lo que nadie pudo presenciar ese acto.

Ary se quedó pensando en la situación y no sabía si la profesora había visto o no a su perseguidor. Por fin terminó la jornada en la escuela y nuestro amigo partió hacia su casa dejando a sus amigos, pues su mente estaba tan llena de dudas, de imágenes y sonidos que habían ocurrido desde el día anterior y su ánimo no estaba dispuesto para convivir con sus compañeros. Cuando llegó se paró frente a su casa miró hacia la ventana de su cuarto y pudo apreciar en ella esos ojos que lo miraban y lo envolvían en una sensación extraña, como si en ellos recibiera un mensaje de otra vida. Subió pensando que sería de valientes enfrentar lo que seguía, pues sabía que él había iniciado esa comunicación y había asumido de alguna manera las consecuencias de su decisión. Al acercarse al cuarto la puerta se cerró con fuerza. Un sudor frío comenzó a humedecer su espalda. ¿Entraría un cordero a la boca del lobo? Se acercó a la puerta dispuesto a entrar, tratando de mover la empuñadura del picaporte, pero algo no dejó girar la manija; trató con más fuerza, pero al parecer una energía aún más fuerte no lo permitía. En ese momento subió Romina.

—¿Qué pasa hijo cerraste la puerta por dentro?

—No, má sólo que... —en ese momento la puerta se abrió.

—¡Ah! Ya abrió, seguro se atoró con algo —dijo tratando de mostrar tranquilidad.

—Está bien hijo, cámbiate y baja a comer —Ary empujó la puerta de un golpe para que se abriera toda y entró lentamente, percatándose que la ventana ahora estaba cubierta por la contina, él sabía que alguien la había puesto así pues no era su costumbre cubrir la ventana durante el día, entró corriendo a recorrer la cortina. El espacio físico entre la puerta y la ventana no era mayor a cinco metros, los que le parecieron un túnel interminable, para ganar más tiempo extendió su brazo hacia la cortina dispuesto incluso a arrancarla; pero antes de que la tocara algo lo prensó y lo lanzó a la cama; al caer de espaldas en ella se sintió fuertemente sujetado en cada extremidad, como si cuatro garras lo inmovilizaran, de las esquinas oscuras de su cuarto salían voces diciendo su nombre acompañados por el sonido de lo que parecían tambores lejanos, como rito de preparación para ofrecer un sacrificio humano; él trataba de zafarse, de gritar, movía sus ojos como si de ellos pudiera salir la voz que se negaba en su garganta. Una respiración jadeante se comenzó a escuchar, provenía de debajo de la cama. No podía definir si ese jadeo era para espantarlo o era el anuncio del final de su vida.

Lo que todo ser humano debe saber es que no existen hechos fantásticos. En la vida humana la fantasía es producida por la mente de alguna persona que dibuja en ella personajes y recrea una historia. El problema es cuando en la realidad se encuentran esas criaturas que solo vivían ocultos en los propios miedos. No se puede dudar que existen monstruos en la sociedad y resultan peores que los que creamos con la mente, pues muestran un rostro que oculta sus verdaderas intenciones; Eda se había referido de alguna manera a este tipo de monstruos, pero Ary había abierto la puerta a un ser que no debería estar, no sabía lo que quería, iba más allá de sus sentidos ¿Acaso lo único que quería ese ser era la atención de Ary para poder manifestarse en esta vida? ¿O querría tal vez poseer la vida de Ary para vivir en este mundo?

El muchacho estaba perdido en sus pensamientos y miedos, sabía que toda su vida estaba cambiando y que a partir de ese momento ya no sería el mismo. Su anterior confianza se había convertido en miedo. El tiempo paró para él, los segundos dejaron de fluir y el silencio implantó su poder; sólo retumbaba en sus oídos el coro como ritual para ofrecer ya el sacrificio. Tirado en la cama trataba de gritar a sus padres, pero cada golpe de voz se ahogaba en su garganta. Estaba a punto de entregarse contra su voluntad, lo único que tenía. Su piel estaba empapada y fría por el sudor generado por la angustia, los ojos saltaban de sus cavidades, su voz sin poder salir, las abundantes lágrimas rodaban por sus mejillas. Entonces comenzó a deslizarse por la cama una mano tan oscura como la noche misma, parecida a una garra de lechuza, los dedos largos y anchos mostraban una red de venas resaltadas, la aparente piel cubierta en zonas por mechones de pelo visiblemente áspero... y seguía arrastrándose por un costado de la cama. Los ojos de Ayish observaban desde la penumbra de la habitación, con terror Ary miraba cómo esa garra se acercaba a su cuello.

De pronto la cortina cayó al suelo, Ary dirigió su mirada hacia el ventanal y pudo ver la silueta de una mujer, quien aún sostenía con una mano la punta de la arrancada cortina y en la otra tenía un bastón con el que golpeó el suelo con fuerza; la mano se detuvo al igual que el sonido de los tambores, él identificó en esa figura a su querida abuela, sabía que era ella por su silueta y por el bastón, pudo encontrar en ella a su salvadora, su apreciada abuela. El golpe fue lo suficientemente fuerte para que la Renata lo escuchara, se encaminó al cuarto presurosamente para ver qué sucedía y moviendo la cabeza en muestra de desaprobación esperando encontrar una travesura de su hijo.

—¿Qué pasa muchacho endiablado? ¿Por qué pegas tan fuerte? —Ary pudo moverse y en un instante todo desapareció.

—Nada mamá se me cayó un libro —respondió buscando ocultar su rostro sumido en el pavor.

—No mientas y deja de jugar ¡Levántate de la cama! Te dije que bajaras a comer y todavía debes hacer tu tarea —el tono generalicio era claro en el mandato.

—Sí ma, sólo me recosté un ratito. Oye má, ¿podrías abrazarme? —nuevamente la mujer presintió que algo no estaba

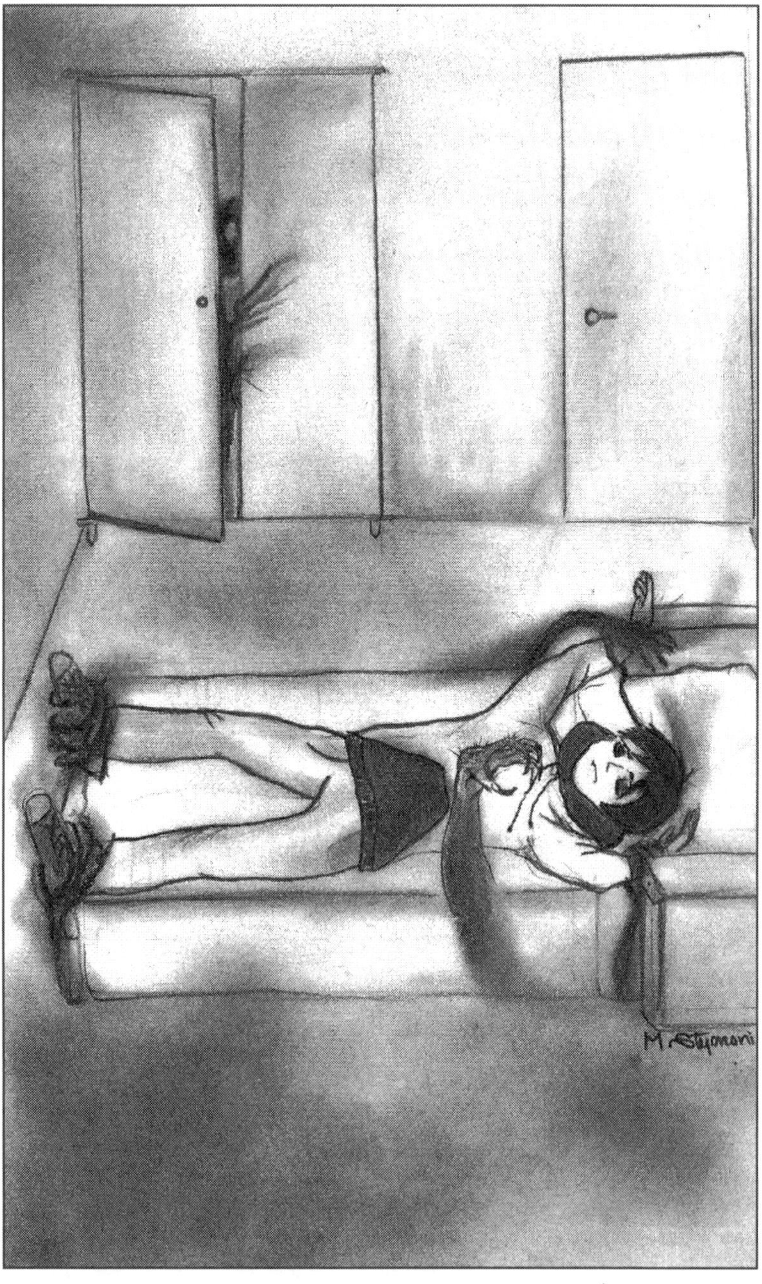

bien con su hijo, por algo las madres llevan a sus hijos nueve meses creando un lazo que nunca se pierde. Abrió sus brazos y Ary se lanzó a ellos aún temblando.

—¿Qué te pasa mi niño? —el tono se había dulcificado y esa pregunta la hacen los padres cuando no entienden a sus hijos adolescentes; frecuentemente ni los hijos saben qué responder a esa interrogante.

—Nada má, no me pasa nada —ese abrazo duró algunos minutos... ¿Sería la despedida por una partida?

Al caer la noche Ary discretamente se fue a ver la televisión en el cuarto de sus padres lo que les pareció extraño, pues generalmente el adolescente en casa busca su espacio y privacidad. Sin embargo los padres siempre están dispuestos a acompañar a sus hijos. Y así aparentemente la normalidad regresó a sus vidas.

Capítulo 4

Vivir perseguido

Las leyendas y mitos que llegamos a conocer procedentes de nuestros antepasados encierran alguna enseñanza para la vida de las siguientes generaciones ... Pero las culturas olvidaron crear y contar aquellas fábulas donde se explicara que la felicidad, la verdad y el amor no se deben buscar en las cosas exteriores; leyendas que trataran de mostrar el camino a los jóvenes, donde se mencionara esas verdades que usualmente llegan en los últimos años de la vida de las personas. Dichos cuentos explicarían que el amor debe iniciar en uno mismo, amarse de tal forma que se entienda que la vida es un don para sí mismo y en segundo lugar para las demás personas; aprender a autovalorarnos para no buscar fuera lo que ya tenemos dentro; habríamos aprendido también que la verdad se va conociendo cada día y nos va enriqueciendo para ir tejiendo la red de nuestras propias experiencias y no de una manera absoluta; finalmente que la felicidad en la Tierra tiene sus momentos, no es una situación estática, cada día tiene su disfrutar y su lamentar...

Este capítulo se inicia con el libro que escribe en solo, Ary las leyó tarde, sabias palabras y que si él las hubiese comprendido seguramente su búsqueda no hubiese tomado ese destino.

Todos los días, desde los sucesos que ya conocemos el chico buscaba un pretexto para seguir durmiendo en la recámara de sus padres; buscaba estar acompañado para no sentir ni ver esas extrañas presencias; para él vivir con temor era tan habitual como respirar. Cierto día quedó con Eda para platicar sobre lo ocurrido. Era un domingo por la tarde, ella le pidió que se encontraran en una capilla a manera de precaución, porque ella ya no se sentía tan segura después de que supo que Ary sí había realizado el ritual. Así él emprendió el camino, pasó por el cementerio, pero no quiso voltear hacia el lugar, recorrió a toda prisa las calles, dio toda la vuelta al cerro y finalmente llegó al templo. Apenas llegó, el cielo se nubló y comenzó a llover; el sonido de la lluvia golpeaba ruidosamente el techo del templo, se escuchaban también fuertes truenos y la lluvia se intensificó. En ese ambiente Ary se encontró con su amiga iniciándose un diálogo sin bromas en el que fluían las preguntas de ambas partes buscando aclarar las dudas.

—¿Pero Ary entonces cómo es eso que has visto?

—Pues es una sombra casi negra, que siempre me sigue.

— ¿Y ahorita está aquí?

—No, no la veo. Pero debería estar.

—¿Qué te dice?

—Nada concretamente, no sé qué es lo que quiere.

—Yo le pediría muchas cosas a ver si me las concedía –dijo Eda con su tono de irresponsabilidad; a pesar de que trataba de comportarse conforme al lugar donde se encontraban.

—Es fácil decirlo Eda, no sabes lo que estoy viviendo.

—Sólo trato de que no te tomes esto muy a pecho Ary, no sé de qué otra forma te puedo ayudar –respondió ella, así fue su compartir palabras y momentos en un lugar donde no había otro sonido que el de la lluvia. Se despidieron cuando por fin dejó de llover, la tarde era incipiente y el Sol apenas se escondía. Ary tomó el camino de regreso a casa sin aclarar sus dudas, al salir del templo sus ojos captaron la sombra de Ayish, escondido al extremo de una tumba que se encontraba en las afueras del santo recinto. Te preguntarás ¿Cómo una tumba iba a estar en ese lugar? Déjame decirte que en algunos pueblos se acostumbraba sepultar a los no creyentes en el límite del templo con la creencia de que de esta forma tomarían el buen camino después de la muerte. Esa tumba tenía una estatua que representaba a un ángel llorando, indicada así por el Señor Cura puesto que los restos que ahí descansaban había pertenecido a un hombre que durante su vida cometió fraudes y abusos a todos los que tenian trato con él. Su nombre era Rubén Moedillo Pedroza, quien poseía suficiente dinero para comprar la voluntad de cualquiera y su corazón era tan oscuro como las noches más tenebrosas. Un hombre cuya única finalidad era gozar de todos los placeres que le ofrecía la vida; humillaba, estafaba a cuantos podía y jamás se le vio ayudar a alguien. En su lecho de muerte sólo lo acompañó su sirviente, quien obrando en contra de la voluntad de su amo;

llamó al sacerdote del pueblo dado que estaba asustado por los muchos ruidos que rondaban en la casa del moribundo, eran rasguños y lamentos que se escuchaban en las últimas horas de vida de ese malvado. Se dijo que el cura roció con agua bendita toda la casa, pero en el momento en que Rubén dejó esta vida, los vidrios se estrellaron como si una fuerza buscara entrar a través de ellos. En su epitafio, escrito por el síndico del pueblo que conocía muy bien al difunto, se leía: "Aquí yacen los restos de un nombre que siempre obtuvo todo placer a costa de los sufrimientos de los demás...Dios lo guarde de la oscuridad eterna". Precisamente tras la estatua del ángel Ayish pudo esconderse de la luz que todavía brindaba el Sol.

—¿Tú, por qué venir acá? —su voz era más tenebrosa, casi irreconocible.

—¿Tú otra vez? —fue la respuesta de Ary.

—A Ayish no gustar verte acá.

—¿A la tumba o al templo?

—Ahí dentro. Tú no venir más.

—¿Por qué? —respondió Ary, enfrentando a su oponente.

—Porque ser nosotros quienes ahora estar contigo.

—No me digas qué debo hacer o qué no —agregó Ary impulsado por su característica rebeldía de adolescente, más que por valor ante ese extraño ser.

La luz del día comenzaba a desaparecer y la oscuridad se extendía más y más.

—Ayish debe enseñar qué puedes hacer y qué no debes. Con Ayish son muchos los que seguimos te.

—¡No me molestes! –y Ary siguió su camino, la reacción de Ayish se hizo notar a través de una especie de grito o gruñido que exhalo unos minutos después de ver partir al muchacho; un sonido entre chillido de zorro con tono grave mezclado con un gato en celo, tan horrible como si fuese un llamado de odio para la oscuridad o advertencia para quien tuvo ese desplante. Ary se encontraba ya a mitad del cerro cuando escuchó ese grito, pues fue el camino que decidió tomar para su casa.

A ese pequeño monte Ary había subido contando sus pasos: 2300 del piso a la punta… ¡Vaya pasatiempo! Tal vez para distraer su mente cansada ya de sus inquietudes. En la cima se encontraba una ermita dedicada a un santo reconocido por los milagros que realizaba; pero Ary sólo la rodeaba sin detener su mirada ante nada, sus pensamientos eran tan pesados como el iridio. Se cuenta que ese monte fue construido por piedras y tierra que fueron acumulando los pobladores para crecer en tamaño. En su base había rocas milenarias y en sus laderas estaba bañado por el verde de hierbas y pastos que durante el otoño cambiaban a un tono amarillo dorado. En los lados se había formado un camino debido a las pisadas de los caminantes que por ahí solían transitar y por los peregrinos que visitaban al santo de la ermita; a los lados de esa senda se habían colocado unas lámparas, algunas ya fundidas y otras daban media luz, pues estaban próximas también a terminar su vida. Un lugar memorable que fue testigo cómo cientos de pobladores entregaban su vida diariamente a sus labores y también donde se despedían de sus seres amados para irse a la otra vida.

Cuando Ary llegó a la cima, se percató que de pronto una especie de nubes negras cubrieron el cielo, no de forma natural y con el alarido que dio la Ayish de la tumba comenzaron a salir sombras similares a ella, rodeándolo en círculo, todas con la cabeza agachada y cuando llegaron a un número, eran unas treinta, el grito de Ayish se repitió y todas emprendieron su caza detrás de Ary, como murciélagos en vuelo desesperado.

Ary escuchó el segundo grito y apuró el paso, la oscuridad se había extendido por el firmamento reduciendo la visibilidad. Ese anochecer prematuro no era obra de la naturaleza, estaba lleno de terror. Las sombras corrían, se empujaban entre ellas, sedientas, ansiosas, como hienas buscando atacar a su presa. El asombro de Ary al ver las sombras tras él casi lo paraliza, pero entendió que no podía detenerse, corría sin pensar, sentía que las rocas buscaban tirarlo, tragaba aire frío, sus ojos lagrimeaban y mientras más corría, más sentía ahogarse un poco por el esfuerzo y más por verse casi atrapado. La ola de sombras se movía detrás de él y estaba cada vez más cerca, en un determinado momento todo el cerro era territorio de presencias oscuras. Ary dio su último empujón para llegar al cementerio, que fue el primer sitio al que llegó y donde que buscó refugio.

Bien se dice que en esos lugares se dejan los restos de los seres amados, de personas que vivieron en paz sin dañar a otros, se les conoce como camposanto o suelo bendito. Ary atravesó el pórtico y toda la horda de sombras chocó contra, como si

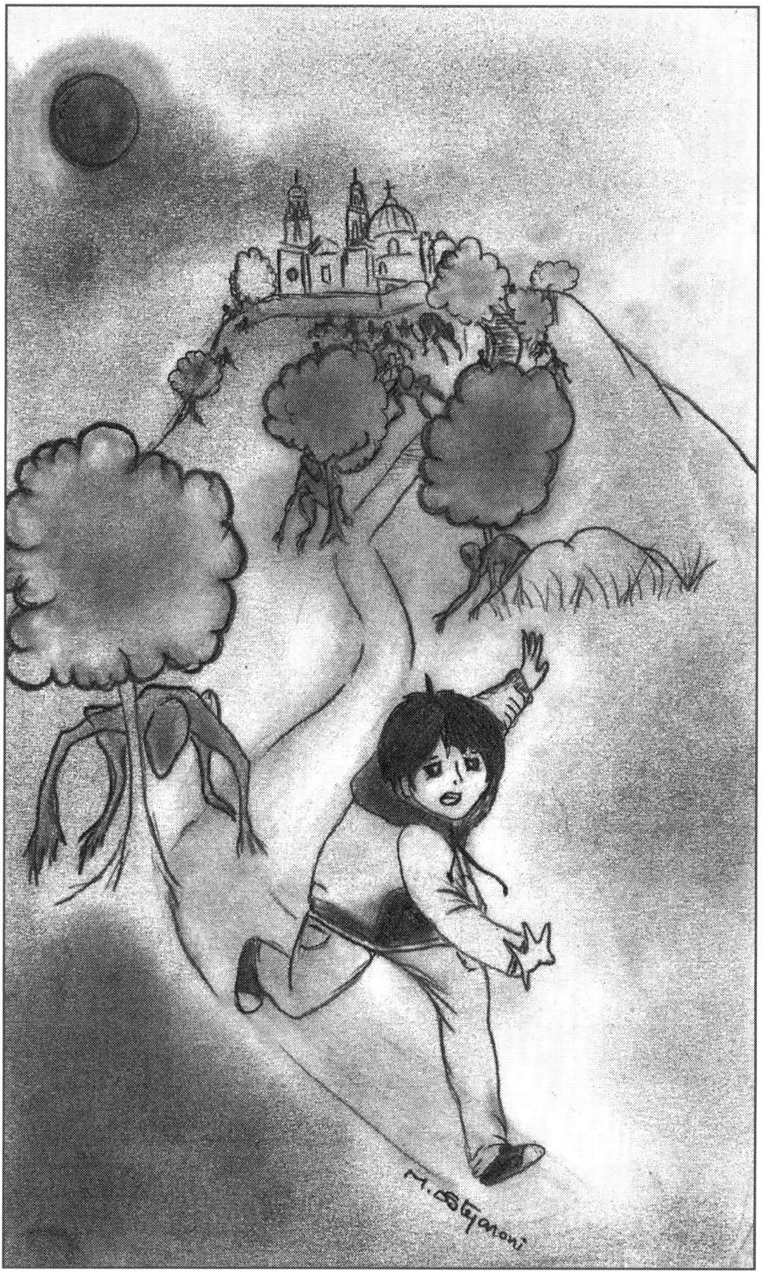

ésta los rechazara o se toparan con una pared, las sombras buscaban entrar, rechinaban sus dientes, chillaban y Ayish pegaba con su puño en el muro...

Ary sofocado y temblando vio una luz hasta el fondo y decidió ir hacia ella; ya no quiso voltear más hacia la entrada. Mientras recorría el largo camino, escuchaba murmullos provenientes de las tumbas, todas le hablaban de alguna forma. No tenía fuerzas para voltear, ni quería, sólo pensaba en alcanzar la luz y así huir de la oscuridad, los murmullos aleteaban a su alrededor...

—¿Cómo te llamas? –la voz de un niño.

—¿Vienes a jugar? –ahora era de una niña, risas de niños acompañaban esas preguntas.

—Tiene la marca –oyó decir.

—Te recomiendo, muchacho, no salir de esta tierra –la voz de una anciana.

—¿Abriste la puerta verdad? –dijo otra voz.

—¡Qué triste! Va a terminar cómo la última chica –se escuchó en el fondo.

Dichas palabras se dejaban escuchar a los largo del camino, resonando en los oídos y en la mente de Ary, alguien ya había abierto una puerta y por lo escuchado no había terminado bien.

—¡Vete de aquí mocoso! –dijo otra voz joven.

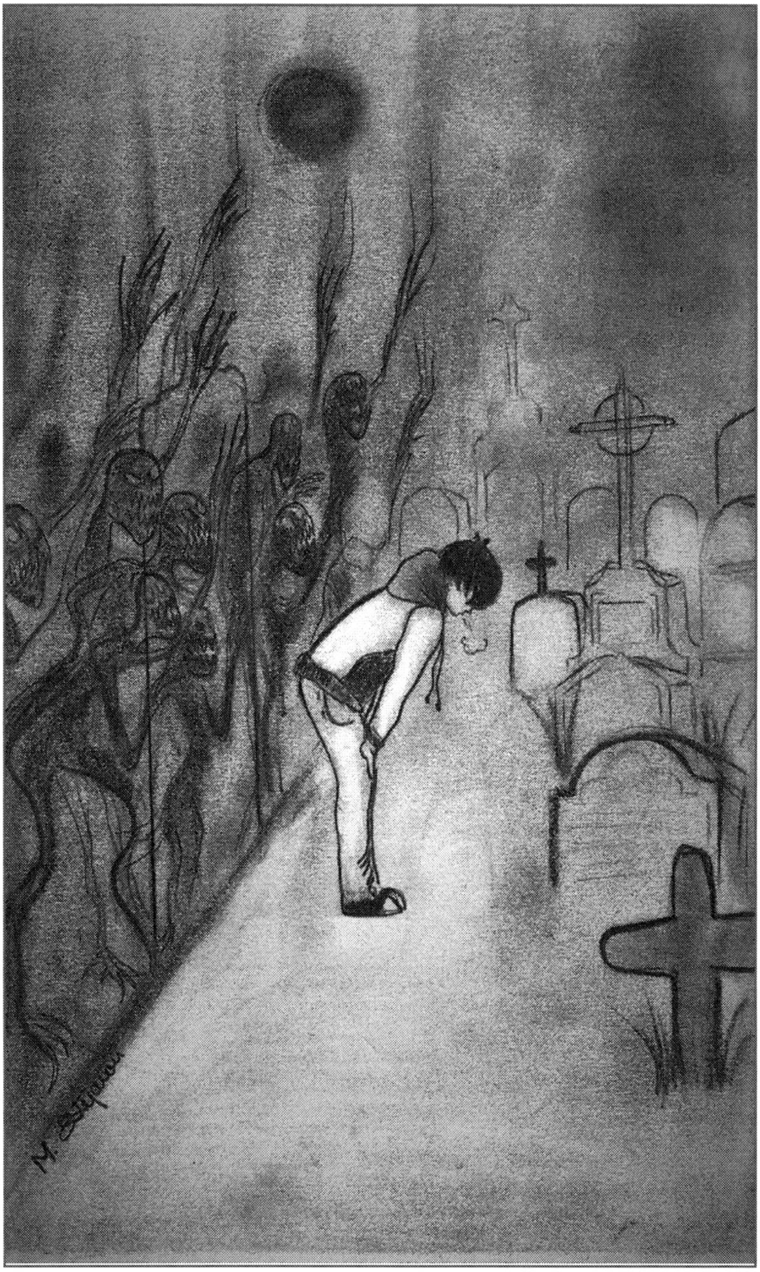

—¡Déjalo! –se escuchó una voz femenina.

—Vas a pagar lo que hiciste –otra voz del rincón.

—Ven, vamos a platicar –una voz amigable.

Así Ary llegó a una puerta de vidrios color ámbar que dejaban ver la luz que estaba dentro. Tocó la puerta.

—Pasa Ary –un anciano chupado en sus carnes, cabello blanco y rostro largo con muestras de que alguna vez hubo barba; toda su ropa sucia y rota. Era el sepulturero, tenía unos 68 años de vida y 35 trabajando en ese lugar.

—Ary, muchacho ¿Qué hiciste? Mira esa marca en tu mano–la luz que alumbraba provenía de diversas veladoras.

—Señor, ¿Por qué me conoce? –preguntó Ary agotada por el esfuerzo y el temor, tapando la marca con la otra mano. Dicha imagen significa que había sido elegido.

—Hiciste hablar a los no vivos y dejaste a los oscuros afuera. Hacía 30 años que no sabía de ellos, desde Moni –su rostro se entristeció.

—¿Quién es Moni?

—Te voy a contar, una chica en 1968 venía mucho al cementerio, siempre la veía limpiando varias tumbas, tenía como catorce o quince años, siempre de cabello recogido, vestidos largos y eternamente acompañaba por un libro, yo llevaba poco con este trabajo; ella cierto día dejó de venir, hasta que una tarde después de que sepulté a una mujer anciana, vi que esa muchachita pasaba por delante del panteón, le hablé para preguntar cómo estaba, pero toda su persona había cambiado: portaba un vestido muy corto, su cabello suelto y su mirada que alguna vez mostró ternura ahora reflejaba desgracia y perdición, cubría su mano izquierda como tú lo estás haciendo ahora... sólo me volteó a ver, pero lo más interesante es que detrás de ella le seguían varias de esas cosas, como las que ahora te esperan afuera.

—No las quiero ¡Que se vayan! –dijo Ary, con tono casi suplicante. El anciano tomó un palo en forma de cruz, se asomó por la ventana y alzando dicho madero dijo.

—¡Vade retro malignum! –varios gritos se escucharon fuera del lugar y después un silencio reinó en la noche.

—¿Qué dijo Señor? ¿Qué fueron esas palabras y esos gritos?

—Los signos muchachos son muy poderosos y este viejo que ves todavía sabe y entiende la importancia de una palabra bien dicha y el poder que tiene la intención al pronunciar las frases correctamente –el hombre ofreció un té de flor cempasúchil, Ary lo tomó temiendo que hubiese tomado dichas flores de alguna tumba, pero no se atrevió a rechazarlo.

—¡Qué raro sabe!

—Ponle azúcar muchacho.

—Disculpe ¿Qué paso con esa chica? –cualquiera hubiese querido saber.

—Los chicos del rincón me dijeron que ya la oscuridad la había ganado.

—¿Los chicos del rincón?

—En la esquina de esta ciudad de los no vivos hay tres tumbas de muchachos que en vida fueron amigos y que ya muertos se siguen acompañando.

—¿De qué murieron? –afloró la curiosidad propia de la juventud.

—Lo que cuentan ellos... –Ary interrumpió buscando una respuesta más.

—¿Dice que ellos le hablan?

—Parece que no eres tan listo como te ves muchacho –y siguió contando– Todo el que muere abandona este mundo para irse, a lo que se conoce como paz; pero hay unos que mueren sin que sea su momento; expiran sin haber cumplido el objetivo en su vida; sucumben arañando la vida y clamando permanecer. Es entonces que se quedan esperando cumplir su misión, a veces se muestran visiblemente, otras a través de ruidos o movimiento de cosas físicas.

—¿Dónde se quedan? –dijo Ary.

—En lugares que le dan un significado a su permanencia.

—¿El cementerio está lleno de ellos?

—Sí porque a sus tumbas les vendrán a llorar y así los volverán a recordar.

—¿Y esos tres chicos entonces?

—Eran muchachos que como todos buscaban divertirse. No eran malos, tal vez retadores y especialmente desafiantes de todo peligro, como se acostumbra en esa etapa de la vida. Una noche cometieron el gran error: "desobedecer las reglas", un error en el que muchos caen; pero esa noche la suerte no estuvo de su lado. Tomaron prestado el coche del padre de uno de ellos y algunas bebidas con alcohol. Lo demás no es difícil intuir, así ellos pusieron fin a sus vidas.

—¿Y la chica? –regresó al tema nuestro amigo.

—Esa tarde me contaron que la pobre chica cegada por sus encantos perdió la visión que nos hace distinguir entre lo correcto y lo incorrecto, abriendo así la puerta del mal, lugar o situación donde le propusieron enseñarle el poder que podría alcanzar con su seducción –el hombre relataba esto mientras comía cacahuates tirados sobre la mesa y algunas cucarachas se dejaban ver sin que él diera muestras de incomodidad.

—¿Entonces miró ella en el espejo? –preguntó Ary.

—Muchacho con el tiempo te darás cuenta que hay varios tipos de monstruos, unos como los que te persiguen y otros andan por las calles con rostros amables; algunos horrores los crean y otros pavores van más allá de los monstruos que conoces. He visto que en algunas personas los miedos inician cuando se dan cuenta que no son importantes para nadie, para otros comienzan los horrores al dejar pasar la vida sin hacer nada y finalmente nosotros los ancianos al no ser valorados y olvidados, esas son otras criaturas de la oscuridad para millones de personas –idea similar que Eda ya le había comentado.

—No me ha dicho qué le pasó a la chica.

—Ya vete muchacho se hace noche.

—Por favor dígame qué le pasó –rogó Ary.

—Vete y busca cerrar esa puerta que abriste.

—Pero ¿Cómo puedo hacerlo? ¡Ayúdeme Señor! –rogó con el rostro desencajado, mientras el anciano comenzó a buscar algo en su mesa, movía y tiraba cosas.

—¿Dónde puse los cacahuates? ¡Malditas ratas todo se llevan! ¡Ah sigues aquí! Vete ya que mañana debo sepultar más personas y necesito madrugar, ¿Dónde están los cacahuates? –mientras hablaba seguía moviendo materiales a pesar de la penumbra que había en el lugar.

Ary se dirigió hacia la salida, en un instante iniciaron otra vez los susurros provenientes de las tumbas. Apresuró el paso y escuchó tres voces burlescas:

—Nosotros éramos bobos, pero no como ése –con una risa al final.

—Ya está como la muchacha –dijo otra voz.

—¡Ay! Lo lastiman —dijo la tercera voz también con risa.

Ary caminaba hacia la salida entre dudas, voces y miedo. Sólo quería llegar a la cama de sus padres para poder dormir. A la mañana siguiente Ary se levantó, platicó un poco con sus padres, tomó un pan y salió hacia la escuela.

—Ary, Ary, Ary.

—Ary, Ary, Ary.

Comenzaron a sonar unas voces en su cabeza, parecía una jaqueca. Algo iniciaba dentro de su mente y no sabía cuál era su procedencia.

—Ary, Ary, Ary.

—Ary, Ary, Ary.

Y así comenzaron esas voces que lo llamarían constantemente. El libro escribía en defensa de los actos que Ary había realizado.

¿Cómo se puede vivir en un mundo sin valorar lo que se tiene? Por eso la oscuridad consume a jóvenes y a adultos que no dan importancia a lo que tienen; vive de ellos y succiona sus energías hasta que los deja vacíos, como cadáveres que se mueven en el mundo de los vivos.

Pero también hay otra interrogante a cuestionar: ¿Quién enseña realmente lo que está bien o mal a los jóvenes? ¡Cuántas veces los propios pensamientos nos condenan o nos hacen triunfar y nadie enseña lo que es correcto o incorrecto!

Ary caminaba presuroso hacia la escuela, no tanto por las clases, sino para aislarse un poco y pensar en lo que le sucedía, tal vez buscando disfrutar un poco de soledad silenciosa. La inquietud sembrada por las palabras del enterrador daba vueltas en su pensamiento acaparando gran parte de su tiempo en la escuela; se cuestionaba acerca de lo que pasó con esa chica, sobre si había actuado correctamente o incorrectamente. ¿Podría él correr la misma suerte de la muchacha?

Terminando la escuela salió igual de pensativo para dirigirse a su casa.

—¿Ary a dónde vas? –le gritó el Chino.

—Luego nos vemos –respondió.

—Por mí ni te preocupes en saludar ¡Eres raro! –intervino Moi, comentario que lo lastimó, pues esas palabras se volvían lancetas por provenir de un amigo. Cuando llegó a casa, su madre le pidió disponer la mesa para la comida. El diálogo que se produjo mientras tomaban los alimentos resultó un tanto incómodo para él.

—¿Qué pasa hijo? ¿Por qué tan callado? –dijo Renata.

—No pasa nada má, sólo pensaba en . . . La escuela má.

—Déjalo mujer, anda enamorado este muchachote –intervino el padre.

—Sí pa, digo no pa, no es eso –su nerviosismo no colaboraba.

—Cuéntame muchacho ¿Ya la besaste? –los padres a veces hacen preguntas incómodas.

—No lo molestes –dijo Renata y Ary apresuró su comida, pidió permiso para retirarse de la mesa y así poner fin a un momento bochornoso. Entró a su cuarto y tomando su diario se dispuso a escribir.

(Sin fecha)

Tlato

La tormenta inició, me siento horriblemente solo ya no sé si realmente estoy en el camino que me lleva a conocer la verdad o he tomado otro rumbo que no buscaba. Tengo miedo, todo lo que ocurre es muy raro de entender.

Hoy un amigo me calificó de raro, me molestó porque ¿quién cree que es para juzgarme o corregirme?, sólo mis padres tienen ese derecho; sentí el impulso de romperle la cara. ¡Nadie debería burlarse de los demás, ni juzgar!.

Entiendo Tlato que si creo en mí y confío en que puedo lograr lo que me importa no me deben afectar los comentarios de unos disque amigos.

Por otro lado, esas voces ¡Ya no aguanto! Siguen en la madrugada, no me dejan dormir. ¿Qué haré? Me están volviendo loco. Ayúdame a pensar qué puedo hacer, a quién pedirle ayuda.

Terminando su texto tomó su sudadera y siguiendo un impulso se dirigió rumbo al cementerio para seguir investigando acerca de Mónica. Mientras tanto, en el cementerio, tres almas desventuradas no alcanzaban su reposo, dialogaban. Sus nombres eran Matías, Fernando y José.

—Matías, cuéntanos eso de la chica —dijo Fernando recargándose en una tumba.

—Sí, platica, platica —se escuchó decir a José acostado en una placa de cemento.

Estos tres muchachos no habían sido malvados, más bien aventureros, rebeldes, tremendos. José había querido seguir los pasos de su padre: ser un reconocido contador en su ciudad. Desde pequeño escuchaba a su padre decir:

— "Los números dan solución a los problemas".

Fernando había sido un chico sumamente inquieto, cuando pequeño sus maestras lo amarraban a la silla con cierta frecuencia, hay que aclarar que esta usanza era permitida en esos tiempos. De joven su único objetivo era vivir la vida sin límites, sus padres eran personas acomodadas, por ello tenía los medios para comprar lo que quería, no tuvo una autoridad que lo contuviera y orientara para que su vida no se sumergiera en el vacío de lo banal. Finalmente Matías, el comodín de los tres, siempre entendía a sus amigos, le bastaba observar un poco sus ojos para comprender lo que pensaban. Tenía fascinación por los coches y como adolescente sus aspiraciones iban a tener un negocio propio, en su caso tener un taller mecánico como su padre, quien conocía milimétricamente cada parte de un motor, su nombre y función; y de quien tomaron el coche, sin imaginar que ese viaje no tendría regreso.

—Cuéntanos ya —dijo José.

—Pues era una chica dulce, diré que era un poco rara porque seguido venía a este lugar, pero en general era amable. Yo platiqué algunas veces con ella.

—Ah, te gustaba —dijo Fernando.

—Pues esa chica tenía algo de especial, hasta que...

—¿Qué pasó? —interrumpieron al mismo tiempo José y Fernando.

—Tenía muchas ganas de vivir, pero un día la encontré en el parque y su forma dulce había desaparecido. En sus ojos ya no había esa chispa de alegría, en su mano tenía un signo, su simpatía se convirtió en lujuria que se reflejaba en su mirada.

—¿Qué crees que le pasó? —preguntó José.

—La marca que tenía era la misma que la de ese muchacho preguntón y miedoso que vino ayer —aclaró Matías.

Justo en ese momento Ary, entró al cementerio. Al verlo, lo rodearon y comenzaron sus ironías:

—¡Hola! Llegó el señorito —dijo José

—¿Qué vendrá a hacer? ¿Querrá algunos favorcitos? —frase acompañada de una carcajada con eco, hechos por Fernando.

—Déjenlo pasar, sino va a llorar —siguió Matías.

Ary los pudo ver y en su mirada expresaba ira y temor a la vez. Los espíritus desaparecieron y él siguió caminando hasta llegar a la puerta del anciano y la tocó sin que hubiera respuesta.

—Señor, buenas tardes —dijo mientras empujaba la puerta que se abrió sin mayor dificultad.

—¿Quién es? —una voz respondió.

—Ary Señor.

Dejemos un momento al chico en su intento de dialogar con el sepulturero y reflexionemos lo siguiente: Para muchos el destino es una bendición mientras que para otros es un verdugo. Si lo cuestionas puede ser que las respuestas que recibes exijan un precio muy alto, Ary en sus años mozos se empeñaba en una pregunta que sólo tiene respuesta cuando se va a entregar el alma.

En otro lugar, dentro del mundo de las sombras, en el límite entre el bien y el mal encontramos a Ayish, siendo lacerado y golpeado por sus congéneres.

—Invocaste horda cuando la presa no estar lista —le decía uno de ellos con tono jadeante mientras otro lo maltrataba. Ayish estaba sobre el suelo recibiendo golpes y rechinando sus dientes: Sentía odio hacia sí mismo y hacia los otros.

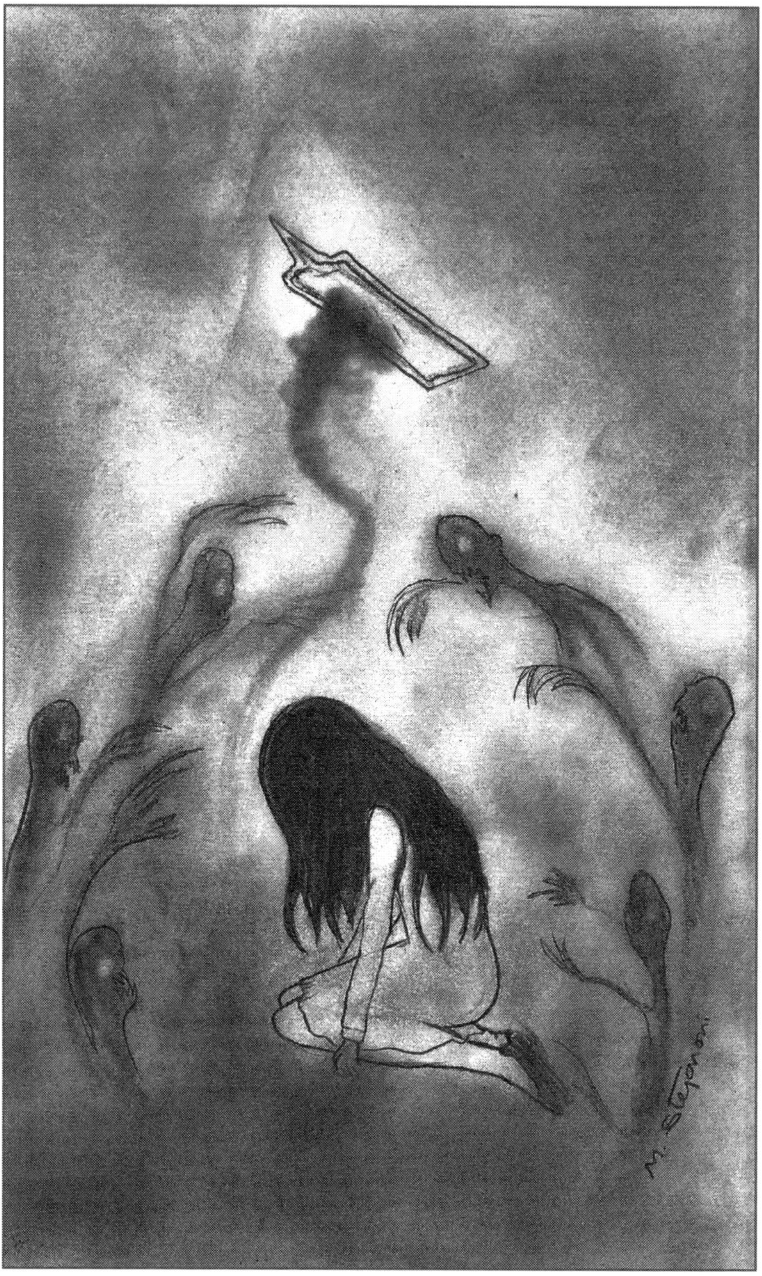

M. Stefanoni

—Los seres que nosotros buscar son los que siempre ambicionar poder, y éste que tú tomaste sólo querer saber. No ser indicado.

Esos seres habitaban en una especie de desierto de arenas oscuras, donde la neblina rodeaba cada espacio, había rocas y montañas que cambiaban su forma para imitar los espacios existentes en el mundo de los vivos. El frío era permanente, no existía un periodo de Sol, ni lunas, ni estrellas; su así llamado techo o cielo estaba a no más de cinco metros sobre el suelo. Dentro de esa espesa oscuridad se podían distinguir cinco espejos distribuidos en todo su horizonte, donde las sombras escogían a sus víctimas para poder continuar su vida y conectarse con los vivos, pues para ellos eran fuentes de alimento. En ese mundo sólo se podía sentir soledad. Su tierra no tenía fin, cada término iniciaba un continuar contra el tiempo y el espacio. Su mundo estaba solo como cada uno de sus habitantes, los cuales se apoyaban solo para seguir existiendo. En el posible centro se encontraba un abismo... era un cráter, suficientemente ancho como para tirar un camión de carga y sobraba espacio. Ahí eran lanzadas las sombras que no cumplían su misión, su caída era infinita para castigar a esos engendros, todo lo que ahí era lanzado caía, caía y caía.

A unos metros de Ayish un grupo de sombras chillaba ante uno de los espejos, tal vez cincuenta o cien seres sombríos, eran muchos, su rumor llamaba a otros que llegaban para reunirse con los demás. De pronto en el espejo se visualizó un rostro de una niña no mayor de 13 años y cuyas características eran muy similares a las que describen a Moni, sus ojos estaban perdidos mostrando posible lascivia. De momento salió del espejo como succionada por aquellos seres de inframundo y quedó arrodillada sin alzar la cara, esperaron unos segundos y todos se lanzaron sobre ella tomando un pedazo su ser y lo introducían en su boca, hasta que no quedó más de la muchacha. Su cuerpo nunca fue encontrado en el mundo humano.

Lamiendo sus heridas Ayish abandonó ese lugar sabiendo que el error le había costado caro; pues había convocado a sus iguales con la finalidad de llevar a Ary a su mundo, cuando esa presa no estaba lista para la horda. Mientras todo esto ocurría Ary seguía intentando conversar con el anciano para saber más sobre aquella jovencita que había desaparecido.

—Yo no quiero hablar de ella —dijo el hombre mientras bebía alcohol en una sucia botella.

—Dígame quién podría.

—Al centro del cementerio, está la tumba más vieja, dice María Xiloa Cuaxil, esa anciana sabe todo, ahora lárgate que ya estás maldito —mientras se entristecía al pronunciarlo.

Ary no esperó más y caminó en medio de las tumbas y flores de cempasúchil, recorría las tumbas presuroso, leyendo cada nombre buscando el que había mencionado el anciano. Por fin después de un rato encontró una tumba, carcomida por el tiempo, donde con dificultad sólo se podía leer Xiloa 1850 – 1930. Cuando se detuvo junto al sepulcro escuchó una voz como susurro dentro de sus oídos.

—Viniste a preguntar pequeño telpochtli —palabra náhuatl para referirse a un joven.

—Necesito ayuda —pronunció Ary con voz temblorosa.

—Mi niño ¿Por qué abriste esa puerta? Lo que hiciste sólo lo hacen los que han perdido la esperanza.

—¿Usted sabe qué le pasó a Moni?

—Sólo puedo decirte que fue tragada por las sombras, la devoraron después de haberla llevado a su mundo. Ella, al igual que los demás, únicamente buscaba poder a costa de lo que fuera.

—No era mi caso, yo sólo quería saber la verdad, ¿qué de malo hay en eso? —la voz de Ary seguía temblorosa y débil a pesar de sus esfuerzos por mejorarla.

—No te correspondía telpochtli responder semejante pregunta...

—¿Qué hago ahora para terminar con esto?

—Debes tener valor para cerrar lo que abriste.

Se dejó de escuchar la voz y Ary salió del cementerio, pero no contaba con que Ayish lo esperaba fuera, pues la tarde ya había caído.

—¿Por qué me persigues? Yo te liberé ¿Qué le hiciste a Moni?

—Ella venir a nuestro mundo ¿Tú querer verla? —Ayish sabía que su estrategia debía cambiar, pues adelantar pasos le había costado una humillación con la horda.

Entonces inició una rara relación o alianza.

Capítulo 5

Acuerdos de discordia.

(Sin fecha)

Tlato, amigo

He pensado mucho en mi amor por Claret, ¡Tenemos tanto qué hacer juntos! Ella piensa en mí y yo la sueño. Nuestro amor trascenderá, así lo creo y nada lo frenará. Sólo es cuestión de tiempo, ahora tenemos quince años, cuando tengamos veinte podremos alcanzar muchas metas. Seguro iniciaremos un negocio, algo pequeño, pero tendrá éxito y perseverará; así poco a poco construiremos una vida juntos. Tendremos una casa, un perro, que se llamará Mordidas, también un gato, un jardín con mucho pasto y 3 árboles: uno de manzana, otro de limón y el tercero de naranja.

¡Será algo maravilloso!

Por lo pronto terminaré con esta situación de Ayish, ya no la quiero Tlato, ya no.

Un pensamiento noble de Ary, una idea hermosa que da toda la energía a la vida y le da una meta a toda juventud. Es el momento donde se construye toda la persona para lograr un futuro. Un buscar pedir al destino que tenga dichos elementos en la vida de uno. El único error es que esas ideas a veces nos sacan de la realidad en la que uno vive. Todos esos maravillosos pensamientos deben madurar e ir tras ellos a través del esfuerzo y la perseverancia diaria. Encontrar un trabajo depende de la preparación y aún así, a veces tarda en llegar o llega de una manera diferente. Además no siempre se comparte la vida con quien uno piensa. El error de Ary, así como de otros, es pensar que el amor hacia otra persona es lo más importante y lo que da la fuerza para vivir. La primera lección que esta historia deja es aprender a valorarse a sí mismo, antes de abrir cualquier puerta.

De Claret, se pueden decir muchas cosas, particularmente su trato dulce que la hacía ganar muchas amistades; su piel era blanca como la luna, contrastaba con lo oscuro de su cabello haciendo una combinación grata que captaba la atención de los demás. Su cuerpo terminaba de moldearse con la perfección de una señorita, bañado por el jugo de su juventud la hacía adorable como prohibida. De voz tan cálida e intensa y cuando se expresaba todo su rostro como sus manos manifestaban cada palabra que expresaba. Lo real es que ella tenía ojos para Ary, pero muchos otros ojos los tenían en ella. Su personalidad era tan interesante de querer tenerla a lado, ya fuese como amiga o como consejera; era enérgica, resplandeciente, motivadora, cautivadora o simplemente Claret.

—Ary, Ary, Ary

—Ary, Ary, Ary —otra vez esas voces que lo llamaban.

—Ayish qué son esas voces –dice Ary, mientras se encontraba sentado en su cuarto, tratando de aferrar su mente a la realidad.

—No saber, no saber –mientras se agachaba en la oscuridad del ropero.

—Vete, no te quiero cerca de mí, vete...

—Ayish puede darte poder, Ayish hacer lo que quieras. Entonces el teléfono sonó, era una tarde tranquila de invierno. De momento se escuchó la voz de Renata:

—Te hablan hijo –Ary bajó corriendo, seguido por Ayish que saltaba de sombra en sombra, la cual era brindada por los muebles de la casa.

—¿Quién mamá? ¿Claret? –lo dijo tan fuerte que se pudo escuchar por el teléfono.

—No hijo es Eda –el rostro de Ary manifestó que había cometido un error y lo había escuchado su amiga, tomó el teléfono y le hizo signos a su madre de irse para tener privacidad, palabra que se usa mucho en la adolescencia y no muchas veces se entiende todo lo que implica.

—Bueno, Eda cómo estás –apenado por lo que su corazón había soltado.

—Hola Babotas no era quien esperabas ¿verdad?

—Claro es un gusto Eda... te he ido a buscar –el nervio siempre modifica el momento y el habla.

—¿Cómo vas, me he preguntado por tus babosadas?

—Bien, bien. Debo contarte tantas cosas.

—Te voy a decir una cosa Babotas, si no cambias tu forma de ser te tendré que dejar de hablar.

—¿Qué quieres decir?

—Claro ya quiero que seas normal y dejes de mentir sobre eso que dices que te sigue... Eres raro cuando dices eso.

—Yo no miento, es verdad –mientras Ayish veía la oportunidad para sacar ventaja.

—Babotas no me hagas enojar, así que ya di conmigo: Eda te mentí.

Entonces la pasión de Ary le hizo defender su verdad e iniciar una discusión, estaba molesto de la injusticia que le aplicaba Eda. Fue cuando Ayish se mostró y le dijo:

—Mándame, me encargo yo.

—Pues Eda te voy a mandar a mi sombra –cegado por su enojo, Eda mientras tanto calentaba el momento con una risa, que se escuchó en toda la cuadra.

—Sí cómo no –Ary volteó a ver a Ayish y dijo:

—¡Ve!

Los ojos de Ayish, se llenaron de sangre, su boca tiró espuma, lo volteó a ver y se lanzó hacia la oscuridad que ya cubría parte de la calle. Mientras Ary colgó el teléfono molesto por esta situación. Ayish corría cubriéndose de sombra en sombra, sediento por manifestarse. Era tal su velocidad que de casa en casa parecía que volaba por los techos, una anciana vio cómo se movía, cerró la ventana e inició una plegaria.

Eda, estaba escuchando música, bailando en su cuarto; de vez en cuando se veía en el espejo para ver cómo modelaba las coreografías aprendidas con sus amigos. De momento un viento entró por la ventana, con la capacidad de mover todo su cuarto, Eda se espantó y fue a cerrar la ventana. Ayish buscaba entrar, pero había mucha luz, entonces pensó en acercarse lo más posible a la ventana e inició a raspar los cristales. Eda se percató que algo no andaba bien, que ese sonido no era por el viento, se acercó al ventanal y fue cuando Ayish se le mostró en persona, la profundidad de la cavidad de sus ojos reventó el vidrio... Eda se tiró para no ser salpicada por los cristales que se soltaron por el choque –su madre subió corriendo, la ausencia diaria en ese momento se volvió un "mi hija me necesita"

—¿Eda, qué te pasó? –entrando la mujer al cuarto.

—Mamá, la ventada –todos los cristales estaban estrellados.

—¡Ay muchacha! Mira por dejar abierto el viento rompió todo el ventanal –Eda se levantó del suelo, tomó el teléfono y le marcó a Ary.

—Bueno –respondió Ary.

— Dile que se vaya, por favor –su vivacidad se había apagado como una veladora consumida por el aliento del viento. Ary colgó, se fue a la puerta de la salida de su casa y gritó:

—¡Ven Ayish!– el cual como un jaguar esperaba afuera de la casa de Eda. La sombra al escuchar, alzó la cara y regresó con la desesperación de un perro al ver a su amo, sabiendo que ese día había ganado la confianza que había perdido.

Por otro lado el libro escribía en otra de sus páginas:

> Ary, muchas veces cuestionamos todo, cuestionamos cada situación, cuestionamos el momento por el que hemos tenido que pasar... Y los sabios del mundo dicen: El tiempo te dará una respuesta en un momento que no esperas, pero dicha contestación llegará a lo que cuestionabas...¿Por qué te adelantaste muchacho?

Ary esa noche se fue directo a dormir, no revisó el libro, no vio al colibrí y solo abrió su diario para escribir.

26 de agosto 1998

Tlato

Creo que hoy demostré que dije la verdad, Eda no dudará más de mí. Por otra parte, te cuento que parece que sí tengo un súper poder y se llama Ayish.

Descansa.

Al otro día se fue a la escuela, las voces sonaron de igual manera, pero la impresión de lo que había vivido dejó un buen sabor de boca. El día fue un día normal. Todo iba bien, no le preguntaron nada en clases, sus amigos nuevamente se le acercaron y diremos aparentemente había aceptado su vida.

De regreso a su casa iba pensando en lo que vivía, siempre así la pasaba. En ese momento se le ocurrió cambiar de camino y quiso cruzar por el parque, parecía que el destino quería hacerle una mala jugada; iba caminando cuando el sol de su vida se oscureció: "Claret platicaba en el parque con un joven mayor a ellos", su distancia era la conveniente, el diálogo de amistad, pero a los ojos de Ary eso no debería pasar.

—Hola Claret –lo dijo con un tono que más saludar, era una requisición de explicación.

—Ary hola qué gusto –ella había entendido que algo se había lesionado con ese momento incómodo, aunque lo real es que no había pasado nada entre ellos– Te presento a Julian.

Joven que era tres años mayor, su cuerpo era más de un adulto que el de un joven, su cabello era castaño claro y contrario a su adversario sus ojos eran verdes, detalle que muchas veces es más valorado por las chicas de esa edad que los dos brillantes percherones que tenía Ary.

—Hola chiquitín, tú quién eres –mientras se empavonaba de su físico que mostraba, comparándose con su rival. Había detectado que había algo entre su nueva conquista y el muchachito que desde su punto de vista era berrinchudo, por otro lado Ary quería sacar estatura y espalda de donde todavía no se había desarrollado y sabía que no debía mostrar su enojo.

—¡Qué tal Julian! No te había visto nunca, qué edad tienes, supongo que ya trabajas —sabía que debía mostrar su inteligencia, porque efectivamente ese día no iba a crecer lo necesario para poderse comparar.

—Estoy por entrar a la universidad, mi pequeño amigo —a veces hay personas que no necesitan decir groserías para insultar a otra persona, y Julián tenía experiencia en esa clase de trato.

—A veces mi padre me dice que no debería hablar con chicos de tu edad —respondió Ary.

—Efectivamente haces bien, trata solo con chicos pequeños — Ary sintió esa pasión que le hizo cerrar su puño con toda su fuerza.

—Bueno ya somos amigos los tres —dijo Claret, para romper la tensión que se había generado, pero Ary sabía que tenía que irse dado que sus ojos estaban a punto de tirar lágrimas del enojo.

—Me tengo que ir, nos vemos luego. Adiós Claret —lo dijo Ary en tal tono que parecía que era la última vez que la vería y se volteó caminando apresuradamente, mientras una lágrima recorría su mejilla.

—Fuiste muy grosero Julián, si quieres ser mi amigo no puedes tratar así a aquellos que son importantes para mí.

—Discúlpame, es que lo vi muy metiche y no creo nadie te deba cuestionar a ti —Claret se despidió, buscando alcanzar a Ary, mientras Julián la veía a toda ella alejarse y pensaba:

—"Esa niña, se ve tan buena como inocente. Pronto podré tocarla... esa ternura de muchacha sabrá lo que es estar conmigo y no sabrá decirme no, es cuestión de tiempo" —Julian partió de ahí con pensamientos tan sucios como eróticos.

Ary llegó corriendo a su cuarto, lloraba por la humillación, lagrimeaba por haber visto a su querida Claret tratando con otro chico. Cómo asimilar los sentimientos encontrados, cuando el corazón tiende ir al norte y la razón al sur, los celos son esa pasión que tiene la peculiaridad de arder, nublando la razón y desterrando la inteligencia. Sacó el colibrí y se puso a replicarle:

—¿Dime por qué me hiciste esto? Tú me prometiste el amor y la verdad... Y ninguno me has cumplido, por qué eres así, dime por qué —mientras sus lágrimas caían gota a gota sobre éste. Ayish lo vio y nuevamente lejos de sentir compasión vio oportunidad, se dejó ver.

—¿Por qué llorar?

—¡Aléjate! Regresa a la oscuridad, lárgate.

—¿Yo poder ayudar? Yo puedo mostrarte más de lo que crees.

—¿Cómo sería? ¿Qué harías? Dime —la curiosidad se despertaba; mientras tanto Claret marcaba y marcaba el teléfono, pero el sonido solo respondía a la ausencia de los padres y no llegaba hasta el cuarto donde la desgracia lloraba. El diálogo en la habitación continuaba.

—Dime qué te ocurrir muchacho —y cuando el pecho está lleno de dolor, alguien que escucha hace que se vacíe. Así contó todo mientras en cada palabra se sonaba la nariz y volvía a respirar para contar la situación a detalle. Cuando terminó de narrar. Ayish cumplió con la ayuda.

—¿Quieres saber las intenciones de ese tal Julián?

—Claro dime, cómo le hacemos —respondió Ary movido por el odio.

—Ahora regreso —Ayish se metió al espejo.

Por otro lado Julián había llegado a su casa, se había encerrado, apagó las luces y fantaseaba con Claret en toqueteos insanos hasta que se durmió. Ayish salió de su espejo, sin encontrar otra dificultad que el desorden de ropa, trastes sucios y basura por doquier. Se acercó a él e impuso su mano en su cabeza, no tardó más de un minuto, se limpió la saliva que escurría por saber lo que pensaba y entró nuevamente en el espejo para llegar con Ary.

—Ayish lo vio, Ayish sabe lo que ese muchacho quiere.

—¿Qué quiere con Claret? —Ayish lo tomó frente a él y pegó sus ojos, los cuales se extendieron como dos gusanos que entran en un orificio hecho a su medida. Entonces Ary pudo ver y apreciar todo lo que quería hacerle a Claret, emocionalmente jugar con su corazón para obtener su cuerpo, fórmula que había repetido tantas veces en corazones que solo querían atención, ternura y amor. Pudo ver como con su fuerza corporal había obligado a un "No" de una muchachita, convertirse en un sí, envuelto en ambiente de gritos y lágrimas. Ary se separó bruscamente al ver tal escenario.

—Hijo de put... Maldito —la ira se manifestaba por los ojos de Ary.

—Muchos de esos abundar por todos lados y buscan hacer lo mismo con esa muchacha que te interesa —dijo Ayish.

—No, no lo puedo permitir, qué haremos —ya no eran dos, ahora eran un propósito y en la tierra de las sombras había hambre por un ser tan vil como Julian, el cual les resultaría delicioso.

—Ayish saber qué hacer con él —y dice el dicho que a grandes problemas, mayores soluciones, y para Ary ese tal Julián tenía que pagar el dolor que había causado, la humillación que había creado, la pureza que había corrompido. Ary sabía que había algo que se tenía que pagar y el peso por el amor a Claret, lo empujó a decidir.

—Sí, pero hazle saber que eso que sufrirá es por lo que hizo con tantas jóvenes — entonces Ayish tocó el espejo y se pudo ver el cuarto de Julián, lo invitó a pasar a Ary, para que viese cómo lo castigaba, pero no quiso, dijo:

—Solamente quiero ver que pague con su dolor.

Mientras tanto en el libro se escribía y se agitaba en el cajón:

> En la vida humana Ary, en la sociedad hay personas buenas y malas, hay valores buenos y malos, cada acto bueno repara algo malo, pero es verdad que un mal que hace con un acto, exige que se pague con un bien y esa necesidad si no se cubre de alguna forma

ronda por el mundo en busca de sanar un equilibrio roto. No te toca a ti ser el justo verdugo... no lo hagas, no debes nivelar el balance, no te corresponde.

La escritura del libro fue nuevamente ignorada, la decisión ya había sido tomada. Julián debía pagar.

Ayish se encontraba a los pies de la cama, Ary lo podía ver por el espejo, el cual se volvió una ventana que comunicaba ambas habitaciones. Se acercó a Julían, quien dormía plácidamente, sin saber que debía pagar una deuda pendiente en el momento que jamás uno pensaría dar cuentas, como es durante la juventud. Entonces fue cuando lo tomó, lo envolvió en una telaraña de sombras, Julián sintió una presión que lo rodeaba y cuando trató de moverse, sus músculos no ayudaron. Ary miraba todo con detenimiento, sabía que era justo ese susto que le estaba sucediendo, Julián era arrastrado hacia el espejo como un lobo jala un borrego que está en agonía. Ary miraba y pensó que entraría a su habitación, lo cual no veía conveniente y empezó a gritarle:

—¡Ayish no lo traigas a mi cuarto! —no terminó de pronunciar las palabras cuando, lo metió al espejo y no entró a su cuarto, sino en un lugar donde lo único vivo era ese joven llamado Julián; no se podía soltar y cuando pudo se trató de levantar, se dio cuenta que estaba lejos de su casa, rodeado por una neblina, había sido llevado a la tierra de las sombras, mientras Ary observaba todo, sin poder decir palabra.

—¿Dónde estoy?¿Ayuda por favor? —mientras veía alrededor y gritaba para pedir auxilio. Entonces una voz se escuchó.

—Te voy a recordar algunas cosas muchacho —era la voz de Ayish.

—¿Señor a qué se refiere? Yo no hice nada, se está confundiendo.

—Te mostraré, Ary pidió que debías pagar tus culpas —y fue entonces cuando aparecieron todos los sufrimientos causados por él, hechos imágenes fabricadas por la niebla, que primero le mostraban lo que había sucedido y terminaban gritando: —¡Tú me lastimaste!— Julián estaba aterrado, en ese momento entendió todo el mal que había causado.

—¡Señor lléveme a mi casa! Ya no lo haré, prometo no volver a hacerlo.

—No hemos terminado, falta otro dolor —entonces apareció una imagen de una jovencita, fabricada de una especie de vapor, quien empezó a interpelarlo mientras se formaban lágrimas conforme hablaba.

—¡Me robaste mi inocencia! ¡Me usaste maldito! Te dije no y me apretaste mis brazos, te dije no quiero, y me lastimaste mi persona, mi autoestima, mi ser, mi futuro... no fui la misma desde ese día.

—Sí, perdóname, estoy muy arrepentido, lo confesaré todo, déjame irme —respondió con tono suplicante.

—¿No quieres esto verdad? Suplica más —dijo Ayish.

—Señor por favor, ya entendí la lección —entonces Ary, entendió que ya podía terminar y le gritó:

—¡Ayish, ya termina, déjalo ir! –Ayish lo volteó a ver por medio del espejo y alzó su mano haciendo un "no" con su dedo índice.

—Grita más, eso nos gusta –se refirió a Julian, que estaba incado, llorando y su pantalón humedecido por la orina del pavor.

—¡Por favor, déjame irme, por favor! –de momento se le acercaron los depredadores, Ayish volteó a ver a Ary y cerró el espejo.

—¡Ayish basta, no basta, Ayish déjalo! –gritó Ary.

La última imagen que pudo ver fue que las sombras se lanzaban sobre él, mientras le arrancaban pedazos de su cuerpo, desgarraban su piel; Julián clamaba; le arrancaron la lengua, le sacaron los ojos a mordidas y comían de él, trozo por trozo.

Ary temblaba por lo que había presenciado, sabía que era justo, pero solo quería darle un susto y lo había logrado. En días siguientes no respondió el teléfono a Claret, lloraba por las noches y las voces seguían, con más intensidad.

—Ary, Ary, Ary.

—Ary, Ary, Ary.

En los días subsiguientes hubo movimiento policiaco en el poblado, se hicieron caminatas de protesta y caminatas pidiendo una respuesta del paradero de Julian. En la escuela lo lloraron por dos semanas, los clamores de las aulas se escuchaban por las calles. Durante ese tiempo se suspendieron las clases en toda la zona. Se decía que había secuestradores en las calles, denominados "rocachicos". Las sombras reposaron en ese tiempo, habían saciado su apetito y Ary escribía:

28 de agosto de 1998

Tlato,

Yo no quise hacerle nada, juro que yo no quería que le hicieran nada. Yo no soy ese tipo de persona. El era malo, lo merecía de cierta forma, pero yo no tuve que ver, yo solo quería asustarlo, no más que eso. No lo puedo contar a nadie. Yo no hice nada amigo.

Entonces el libro que se escribe solo inició a moverse; Ary lo sacó y pudo leer las notas que se habían escrito en ese periodo de tiempo. La desesperación hacía que moviera las páginas para ver si aparecían más información, lo cerró y entendió que no podía negar los consejos de dicho libro, si es que la sombra regresaba.

Después de esos quince días, la gente se normalizó, no hubo más llando y Eda acudió a ver a Ary, tocó la puerta y Renata pasó a Eda a su cuarto. Él estaba acostado.

—No quiero que nadie pase —dijo firmemente hacia la puerta, pero Eda que no tenía pena ya estaba abriendo la puerta.

—¿Qué tienes Babotas? ¿Por qué estás así? —él se levantó, debía ocultar lo sucedido—Tú ni conocías a ese mono, sabías que no era buena persona, tuve una amiga que...

—No es necesario decirme, yo sé que tipo de chico era.

—Sí babotas se dice que andaba tras tu amorcito eh, se dice que se besaron.

—Basta Eda, no tengo ánimo para comentar eso.

—Bueno quería saber de ti, con esta situación andabas perdido. Ojalá te hayas deshecho de esa cosa, bye –salió despidiéndose de Renata.

—¡Hasta luego Señora!

Esa noche Ary trató de dormir, las voces iniciaron, cuando del espejo salió Ayish, respirando con dificultad.

—Ary llegamos.

—No te quiero ver, ni escuchar, me mentiste.

—Ayish no mentir, Ayish solo hacer lo que ustedes los hombres no llegan a concluir.

—¿Qué quieres decir? ¡Lo mataste! Lárgate –entonces Ayish pensó en aparentar un buen juicio por el cual obró.

—Ustedes los hombres no entienden, ustedes los hombres creen que las personas pueden cambiar y te digo que esa escoria, el siguiente año tomaría a tres muchachas más, "primero haría algo tan nuestro" –pensó– las engañaría con palabras que adornarían su realidad; ellas se sentirían especiales, únicas y amadas; las invitaba a su casa y ahí abusaba, aunque no quisieran. De las que tomó a la fuerza no han podido tener una vida normal, siempre con temores, siempre con pena de vivir su vida como mujeres; y lo que he visto por siglos es que como parejas estarán marcadas en el silencio de callar recordando los momentos donde su virtud fue arrancada de una manera tan infame.

—Pero no debíamos decidir nosotros sobre su vida, no nos tocaba –las lágrimas de Ary resbalaban por su rostro, causadas por el dolor que sentía.

—¿Y ese vivir de sus víctimas y su llorar, quién lo pagará? La vida de ese miserable era abusar de ellas y humillar a muchachos como tú. Él no cambiar a pesar de que sus padres pensar que sí lo haría. Tú preguntar a ese libro que tener en el cajón – era la primera vez que se refería al libro, Ary se sorprendió de dos cosas, la primera que Ayish antes nunca lo había mencionado al libro y la segunda que en sus palabras encontraba lógica sobre lo ocurrido.

—¿Cómo sabes del libro? –Ary fue al cajón y tomó el libro, pero éste no permitió ser abierto. Entonces le dijo:

—¿Libro es verdad que Julián no iba a cambiar? –el libro continuaba sin abrirse, pero Ary insistía:

—Respóndeme, en honor a lo que siempre escribes –la sombra se esfumó y entonces el libro comenzó a escribir:

> La noche y el día Ary tienen una razón de ser, funcionan perfectamente sin fallas. No así lo hacen los hombres, un día actúan de buena forma, otro día erran y luego se arrepienten. Ser hombre implica estar entre el bien y el mal. Los seres de la sombra

condenaron a ese muchacho de quien no se sabe cómo iba a terminar, nadie puede anticiparlo.

Ary, un tanto confundido musitó con timidez:

—Pero iba a seguir lastimando, y por eso merecía eso –el libro respondió.

> No se puede saber realmente. La sombra dijo eso, pero nada está escrito. No tocaba ni a ti ni a nadie decidir sobre él.

En ese momento la sombra salió de la oscuridad se acercó al libro y al tocarlo se quemó las garras, de tal forma que el gruñido que salió de él, a manera de grito, se escuchó en toda la calle. Enseguida se lanzó al espejo.

—¿Hijo qué pasa? –dijo Renata entrando con ímpetu al cuarto.

—Nada má, pensé haber visto un ratón.

—¿Pero tú hiciste un sonido así? Me pusiste los pelos de punta.

—Perdón má –Renata salió de la habitación moviendo la cabeza en señal de desaprobación y volvió a sus labores. Ary tomó el libro que estaba tirado en una esquina del cuarto. Éste continuó escribiendo, lo interesante es que esta vez lo que escribía se desaparecía y volvía a aparecer.

> Ahora deberás comprender que lo que tendrás que pasar servirá para muchos.

Como en la guerra necesitarás conocer a tu enemigo. No puedes confiar si no conoces realmente los motivos por los que actúan tus adversarios. Conoce a esa sombra, su mundo y sus propósitos; y así podrás cerrar la puerta para que no se sufra más.

—¿Qué me quieres decir, no entiendo, hablas de una forma rara –entonces Ayish se apareció nuevamente lleno de hambre por vivir.

—¿Por qué gritaste? –preguntó Ary.

—Ese libro, quemarme, lastimarme. Ser peligroso. Tú no deber leerlo más.

—Tú siempre quieres imponer tus ideas –pero recordando el mensaje del libro trató de utilizar su inteligencia, apoyada en la idea de que cuando se proponía algo lo lograba.

—Se nota que en tu mundo siempre te toca obedecer, ahora entiendo por qué quieres que yo haga las cosas por ti. Es como para compensarte. ¿No?

—¡No! En mi mundo todos mandar.

—Seguro tienes un jefe –buscando con su tono provocar sutilmente a la sombra.

—¡No! ¡Jefe no! Ayish mandarse solo. Ayish saber lo que requerirse.

—¿Cómo es tu mundo Ayish? Yo creo que no es fácil sobresalir, creo que por eso te conviene estar en este mundo y por eso vienes.

—Ayish decidir qué hacer.

—¿Entonces sólo vienen por chicos como Julián?

—Nosotros estar siempre cuando alguien sentir soledad. Cuando alguien quitarse la vida ahí esperar y también cuando alguien arrebatar la vida a otros.

—Pues qué triste vida tienes Ayish siempre esperando por una desgracia, qué flojera das… ¿O tú haces que eso suceda?

—El hombre decidir qué hacer, nosotros sólo esperar.

—¡Entonces qué poco inteligentes son! Dependen de las decisiones y actos de los demás. Pero bueno supongo que ser esclavo no es fácil –la ironía que empleaba Ary podría desesperar al mismo campeón de la paciencia —yo creo que un día todos ustedes vivirán en este mundo.

—No poder pasar, si no llamarnos.

—Yo no te llamé y aquí estás.

—Haber varias formas de llamar, bastar con una búsqueda en donde no deber.

—¿Cómo es que tu mundo puede conectarse con el nuestro? Seguramente es tan sencillo que cualquiera puede venir.

—Ustedes los humanos no entender, las reglas en mi mundo ser claras y no cambiar como hacer ustedes en su mundo. Allá respetar las seis leyes para que los espejos poder ser ventanas para nuestro mundo.

—Entonces sin esas leyes no pueden venir a este mundo, ya ves esa es una forma de ser esclavo —Ayish vio la oportunidad de seguir con su plan e invitar a Ary para visitar su mundo, se dio cuenta que ese muchacho era tan curioso como los conejos.

¿Quién entonces utilizaba a quién? Era como un juego de ajedrez, donde quedan sólo las dos reinas y los reyes; se sabe que ya todo está ganado para un jugador y perdido para el otro; así en medio de este diálogo la información buscada y brindada era una estrategia de ambos para dar el siguiente paso.

—Si tú querer Ayish poderte llevar a mi mundo.

—¡Para que me traguen! ¡Jamás! —respondió Ary moviendo sus cejas hacia arriba con sobresalto.

—No, Ayish cuidar, Ayish no permitir que alguno tocarte —la oportuna llegada de Renata al cuarto de Ary para darle una indicación, cortó el diálogo, más tarde vemos a Ary escribir en su diario:

(sin fecha)

Tlato, amigo:

El juego de palabras siempre tiene misterios. Entre la verdad y la mentira a veces sólo varía en cómo se dicen las cosas. Ese chico que desapareció vivía de muchas mentiras y encontró la verdad al final. Pero aún así me siento confundido.

¿Sabes? Creo que platicar con el anciano del cementerio me ayudará a encontrar algunas respuestas acerca de lo que pasó.

Ary salió de su cuarto decidido a encaminarse hacia el cementerio. Como siempre iba pensando en todo lo que había vivido. Cuando se es joven no es común tener las vivencias que él había experimentado. Si sus pensamientos tuvieran voz, se escucharía lo siguiente:

"Creo que mi alma es vieja, porque no todos piensan como yo ni sienten lo que siento. Cuando empiezo a disfrutar de algo, automáticamente viene a mente la idea de que todo placer va a terminar; eso hace que ya no lo disfrute. ¿Por qué no puedo pensar como los demás? Vivir el momento y ya, sentir así es tener un alma vieja".

Hundido en esos pensamientos llegó al cementerio, todo se veía tranquilo; pero apenas pisó el camposanto apareció la figura de Matías reclamándole:

—Te dije que causarías daño.

—Esos seres sombríos devoraron a ese muchacho –intervino José, al parecer el trío de amigos aguardaba su llegada.

—Ustedes no saben lo que vivo –reclamó con ira hacia ellos.

—Pero tú estás vivo y lo que le hiciste a ese chico fue inhumano –completó Fernando.

—Ustedes no saben qué clase de persona era: vil y despreciable.

—No te tocaba a ti juzgarlo –respondieron los tres en coro.

Ary siguió caminando hasta la puerta de la casucha donde se encontraba el anciano, quien como siempre, ya sabía de su visita.

—Viniste a buscarme muchacho, tardaste mucho.

—Necesito contarle algo horrible, algo que yo no sabía que ocurriría.

—Todo es aprender de lo que le sucede a uno. A través de mis largos años entendí que algunos muertos se van de esta vida aún sin estar listos para comprender lo que sucedió en sus vidas. Entender implica estar preparado; pero sino se aprende no se está listo. ¿Tú estás listo?

—No lo sé Señor, pero necesito su ayuda. Creo que mucha gente está en peligro.

—Te haré algunas preguntas. ¿Te atreves a responder? –dichos cuestionamientos se deberían hacer desde la infancia hasta la madurez.

—¿No entiende que necesitamos ayudar? No es momento de pruebas.

—Si quieres respuestas responde primero: ¿Puedes imaginar tu futuro?

—Sí señor, sí podría.

—¿Y por qué no pensaste entonces en lo que le podría ocurrir a ese muchacho al entregarlo a las sombras? –parecía la antesala de su juicio final.

—No sabía todo lo que implica tomar una decisión, nadie me ha enseñado. ¿Quién enseña en esta vida a tomar decisiones?

—Otra pregunta muchacho: ¿Has pensado en todo lo bueno que tienes en tu vida? ¿En los dones y cualidades que posees? ¿En todas las personas que te aman y en las que te estiman de alguna manera?

—No, bueno... sí, pero –fue interrumpido de forma abrupta.

—Si no valoraste la vida que se perdió. ¿Cómo puedes decir que valoras tu vida? No has visto todo lo maravilloso que hay en ti, por eso no valoras tu existencia ni consideraste lo que implicaba tu decisión –Ary callaba, miraba al suelo, no había respuesta que pudiese dar al anciano.

—Tiene razón... Yo no sabía.

—No he terminado muchacho, tercera pregunta: ¿Has pensado en la calidad de tus pensamientos cotidianos?

—¿Cómo? No entiendo señor –dijo Ary.

—¡Claro niño tonto! ¿Dime si acaso piensas en la vida de los pájaros, de las plantas, en la escuela? ¿No será que atiendes más los chismes que hacen las personas cada día? ¿En qué gastas tus pensamientos diariamente? ¿Con qué ideas nutres lo que la gente llama alma?

Eran preguntas no comunes y eso que Ary se caracterizaba por tener tipo de pensamiento particular, pero esos cuestionamientos eran propios de una asignatura para chicos de mayor edad y que aún así incomodarían a muchos que no piensan en las consecuencias de sus decisiones.

—Señor, solamente tengo 15 años, yo sólo quiero ser feliz –respuesta tan humana como inmadura e irresponsable.

—Las consecuencias de nuestro actuar no tienen piedad por la edad, no se detienen por la condición social por las influencias humanas ni por el dolor por el que alguien pueda pasar.

—¿Por qué dice eso? ¿Usted ha sufrido?

—Cuando nació mi segundo hijo, iba empezando a trabajar como ayudante de un contador. En esa empresa no conocían el concepto de lealtad ni lo que es la verdadera responsabilidad. Cuando el jefe no estaba, todos perdían el tiempo en pláticas simulando trabajar. Me di cuenta y comprendí que eso estaba mal. Intenté hacer lo correcto y dedicarme a mi trabajo, pero a los demás no les gustó. Durante meses crearon mentiras acerca de mí y finalmente me despidieron. Al salir de ahí tenía poco dinero y un hijo recién nacido. Fue cuando entendí que la vida no te prepara para las pruebas, éstas vendrán aunque hagas lo correcto.

—Pero si usted no hizo algo malo.

—No basta ser bueno debes aprender a sobrevivir en los ambientes donde te encuentres –los ojos del anciano se humedecieron ante el recuerdo del dolor pasado que se hacía vivo en ese momento y que nunca sanó.

—Entiendo Señor.

—Bueno muchacho, ahora voy a decirte unas palabras, que te servirán en un momento de peligro, cuando creas que no hay solución –con tono solemne pronunció:

—Lux perpetua luceat; solamente puedo ayudarte con eso.

—Señor, deme por favor un papel para anotarlo, no quiero que se me olvide.

—Sobre la mesa hay un lápiz y un pedazo de periódico que te puede servir. Ary corrió hacia el mueble indicado y tomando los materiales escribió la frase, preguntando al anciano cada letra para que quedara bien escrito. Después de doblar el papel, lo metió en su bolsillo y se despidió del anciano.

El hombre debe aprender a negociar y Ary inició de una manera peligrosa, en un comercio que no era nada normal...

Capítulo 6

Desearás...

Aprendizajes...

La vida del hombre es relativamente corta; cuando se es niño el tiempo se hace eterno y conforme se va creciendo los años parecen segundos que se pueden contar. Por ello resulta penoso que teniendo una sola vida, los hombres se rodeen de problemas que ellos mismos se crean y de injusticias; y no busquen ni justicia ni la felicidad en donde realmente está: Dentro de cada uno.

Se debe aprender que el amor es más que un sentimiento pasajero, que la vida es un regalo, que la verdad se va conociendo a través de la vida y que el sentido de la existencia se lo da uno mismo a través de los ideales y de las acciones que se realizan. Si no se tiene una razón o motivo para vivir, entonces la vida carece de sentido.

Del bien y del mal

¿Quién enseña a los hombres el límite entre el bien y el mal? Por ello algunos corren por la senda de su vida actuando sin cuestionar si lo que hacen es o no lo correcto, sin reflexionar las consecuencias de sus actos, tanto para sí mismos como para los demás y por eso yerran constantemente.

El problema del hombre es que siempre está deseando algo y no tiene saciedad en sus anhelos.

Eda llegó a su casa, ella, lejos de tener miedo creía que podía lograr todo lo que quisiera con su personalidad y su físico. En comparación con Claret, su sensualidad sobresalía a través de su forma de sonreír, su movimiento de caderas y su coquetería al hablar eran parte de sus encantos. Sabía que sus atributos sumados al vigor de su juventud y a su garbo, le daban una fuerza y poder que ni la manzana prohibida de los primeros hombres tenía, Ella sabía cómo utilizarlos. El gran problema es que no se está consciente de que jugar con fuego implica siempre colocarse en situación de peligro y Eda no estaba exenta de ello. La familia de Eda estaba formada por su madre, Paulina; un hermano menor llamado Guillermo y su padrastro, Pablo. La madre atendía un bar desde la mañana hasta la noche, apenas veía a sus hijos. Memo era un niño que pasaba todo el día pegado al televisor sin la supervisión necesaria que revisara qué era conveniente ver y qué no... Y finalmente el padrastro, era una especie de humanoide cuyo obrar no iba más allá de preguntarle a Paulina: ¿Qué hay de comer? Y exigirle "dame dinero". Se dedicaba a hacer lo que llamaba sus proyectos, todos ellos planes que no pasaban más allá de un papel mostrando un presupuesto y cuyas herramientas de trabajo eran un lápiz y tres latas de cerveza para quitar la ansiedad que le ocasionaba fumar.

La dinámica de ese hogar no era sencilla, la ausencia de autoridad, de afecto y unión; la presencia del alcohol y la carga emocional llena de frustración de Paulina, hacían que la convivencia diera como resultado el deseo de estar fuera de casa, así lo sentía Eda. Ella no tenía un diario, no tenía un confidente; tal vez tampoco tenía conciencia de todas las ocasiones en las que se ponía en peligro.

Esa tarde llegó a su cuarto, pensativa; en ella sus pensamientos se convertían en acciones, pero de pronto entró Pablo a su cuarto.

—¿Dónde estabas muchachita? —dijo cerrando la puerta detrás de él con la intención de que la madera y el sonido de la televisión de Memo no permitieran escuchar lo que adentro ocurría —a veces las paredes de muchas casas siguen guardando secretos de acoso, lo atestiguan y no pueden hablar.

—¡Sal de mi cuarto o le diré a mi madre! Ya te dije que no me gusta que vengas. —respondió con fuerza Eda, mientras tomaba una lámpara que tenía en su cajón.

—¿Qué te pasa hijita? Sabes que tu madre jamás te creerá. Así que cálmate y ponte cómoda, no quiero lastimarte, sólo quiero que seas amable.

—Te digo que salgas de mi cuarto o gritaré como loca por la ventana —dijo la chica acercándose a la ventana para abrirla.

—Tranquila, ya me voy. Como sino estuvieras acostumbrada a esta atención mía por ti. Sé que la buscas.

—¡Que te largues! —Pablo salió lentamente para que no se escucharan sus pasos, pero Memo estaba tan perdido por la caricatura que no era necesario el sigilo. Eda, lloraba por la impotencia y con su pensamiento deseaba la muerte de ese sujeto. Sus pensamientos se hicieron palabras y pronunció:

—Ojalá te ahogues con esas cervezas, parásito. Espero poder romperte la cara un día ¡Miserable! –y salió corriendo a la calle.

Ary regresaba a su casa del cementerio y en el camino se encontró con Eda, quien llorando lo abrazó.

—¿Por qué son así de perros los hombres? –dijo la muchacha.

—¿Qué te sucedió Eda?

No terminaba de hacer la pregunta cuando sorpresivamente ella lo besó, rodeándolo con sus brazos. La profundidad de las caricias de Eda estaba lejos de lo que su personalidad manifestaba. Duraron lo suficiente para experimentar el sabor de la piel, Ary sentía la respiración de ella tan cercana como la suya propia, cerrar los ojos mientras se sentían los hacía experimentar una sensación de dulzura. Ary no estaba listo para ese momento, pero su cuerpo deseaba continuar sintiendo el cuerpo femenino a través de la ropa, experiencia difícil de resistir y más aún con un ser hermoso como Eda. Las hormonas hervían dentro de él, pero a su pensamiento llegó de pronto el recuerdo de Claret.

—¡Eda, espera! Esto no está bien, somos amigos.

—¡Te necesito! Deja la amistad para otro momento –dijo ella.

—No Eda, no está bien –replicó el chico a pesar de que su pecho anhelaba seguir sintiendo el de Eda.

—¡Por favor! Me siento sola.

—Dime qué te sucedió —Ary tuvo que experimentar la renuncia al placer.

Ella le contó todo lo que desde tiempo atrás ocurría con su padrastro; mientras hablaba Ary iba sintiendo una rabia creciente en su corazón.

—¿Has intentado decirle esto a tu mamá?

—¡No! Jamás me creería. Para ella es más importante estar bien con su novio que hablar conmigo.

—No puedes regresar ahí, estás en peligro.

—No tengo a dónde ir.

—Ven a mi casa, quédate, le diré a mi mamá que te quedes un par de días. Así tu mamá se va a dar cuenta.

—No Ary no puedo, iré a ver a una amiga y luego me regreso a casa.

Deseando arreglar el problema de Eda de cualquier manera; Ary llegó a su casa y entró a su cuarto. Tomó el libro y lo llevó a la habitación de sus padres, cerró la cortina de su cuarto y dirigiéndose hacia el espejo dijo:

—¡Ayish, ven! —con un tono de mando, éste no tardó en salir del ropero.

—Aquí estar. ¿Venir tú a mi mundo?

—¡No! Te llamé porque quiero que hagas algo por mí.

—Pero tú luego arrepentirte y con el libro ese ponerte a llorar.

—Te doy libertad para obrar según convenga, el otro era un muchacho, éste es un hombre malvado –Ary contó todo lo que Eda le había narrado, Ayish no se hizo esperar y entró en el espejo.

A unas calles de ahí vemos a Eda llegando a su casa. Subió la escalera corriendo para alcanzar rápido el refugio de su cuarto, pero Pablo subió tras ella con la misma rapidez, no sin antes subir más el volumen de la televisión. Mientras Eda entró al baño dispuesta a tomar una ducha y abrió la llave de la regadera, el padrastro se acercó a la puerta del baño y se inclinó para atisbar por la cerradura, veía como ella se quitaba el pantalón. Por el espejo de la habitación Ayish lo observaba y empezó a salivar al descubrir la maldad del hombre. El destino de Pablo se estaba perfilando, pero Ayish tenía que preparar el ambiente para que fuera Ary quien dijera la última palabra y así ganar su confianza.

Eda ya con el agua de la regadera encima puso música en su radio, Pablo llevado por la lujuria que nublaba su pensamiento giró el picaporte para abrir la puerta del baño y sigilosamente se acercó a la cortina. Simultáneamente Ayish salía del espejo en la habitación de Ary y le dijo:

—Hombre atacar a tu amiga. Tener la misma maldad que el muchacho.

—¡No lo permitas! Merece lo mismo que el otro –dijo con un tono lleno de ira.

Eso era lo que esperaba Ayish, quien regresó a la escena llegando en el momento en que Eda era tomada por su cadera, le tapaba la boca y la manoseaba por los lugares menos propios que se pueden pensar, mientras trataba de bajarse el pantalón... No terminó de mover su mano cuando Ayish se lanzó hacia él, arrojándolo contra la pared y luego lo levantó hasta el techo para azotarlo contra el suelo; Eda muda de pánico y desnuda lloraba en una esquina del baño mientras el agua de la regadera seguía cayendo sobre ella. Pablo estaba sangrando del rostro y cuando quiso gritar, Ayish le dio un gran mordisco en la garganta provocándole asfixia; mientras se desangraba aún con vida, Ayish lo introdujo en el espejo con tal fuerza que tuvo que partir su columna vertebral. La sombra entonces volteando hacia Eda le dijo:

—No ser más problema para ti. Ayish ser tu amigo —él sabía que esa chica era una gran influencia para Ary y ganar su confianza le ayudaría a ganar la lealtad de Ary.

Eda desesperadamente empezó a limpiar la sangre que estaba en el suelo, el agua ayudaba a lograrlo. Ese día el vapor había presenciado un acontecimiento que nadie creería si se contara. Salió de la regadera vistiéndose apresuradamente, no podía pensar en otra cosa que hablar con su amigo. Tomó el teléfono y marcó.

—¿Ary?

—¿Eda, estás bien?

—Gracias amigo —se le escuchó decir con una voz débil y aún llorosa.

Eda colgó el teléfono, echó al drenaje todos los papeles manchados de sangre, después se lavó muchas veces las manos y nuevamente entró a la regadera, se sentía sucia. Ya en su cuarto trató de dormir y dejar de pensar en lo que había vivido. Esa noche todos durmieron, el libro no escribió y el colibrí seguía inmóvil entre la ropa de Ary.

Paulina preguntaba por Pablo, pero dejó de hacerlo después de algunos días, pues sabía que esa relación no era estable; de hecho algunas veces él desaparecía por uno o dos días y regresaba más agresivo cada vez. Eda manejaba la verdad según su conveniencia, como era su costumbre y ¿Memo? Pues... continuaba viendo el televisor sin inmutarse por nada.

En el mundo de Ayish, las sombras mostraban ansiedad por la llegada del "elixir", palabra con la que se referían a una comida especial que se daba cada 100 años de vida humana y que les ayudaba a vivir sin comer otro período semejante pues les satisfacía plenamente. Ayish, quien era el encargado de proporcionarlo, ya no cometería el mismo error; su plan debería realizarse en el momento justo, lo que implicaba paciencia, mucha paciencia. Las sombras tenían una jerarquía en medio del caos en que vivían y consistía en que cada cierto tiempo algunos de esos seres podían salir de su encierro con la finalidad de llevar presas para satisfacer su hambruna, pero pasar al mundo de los vivos por sus portales, requería las 5 argentum en perfecta coordinación entre ellas, eran una especie de piedras que formaban una estrella de cinco puntas unidas por un centro. Si alguna faltaba, los portales se cerrarían, por ello cada una tenía un guardián, una sombra más grande, más fuerte y con garras tan duras y filosas que si rasgaban el mismo acero, éste se cortaba con la misma facilidad que un trozo de mantequilla. Así cada piedra abría una ventana hacia la vida humana y esas cinco sombras iban al mundo para proveer alimentos: mendigos, ricos, señoritas, ancianos, niños. La condición era que en ellos hubiera cierto grado de maldad. Consideraban que esta práctica les era permitida para mantener un equilibrio entre el bien y el mal, pero si una persona los invocaba de alguna manera, se asignaba a una de las sombras para acudir a ese llamado y recibía poderes únicos, como poder salir las veces necesarias y mantenerse en el mundo de los vivos; como también invocar a otras sombras de la horda para su cacería, si era necesario.

En la mente de Ayish se gestaba un plan maléfico y horrendo que lo deleitaba al igual que un terrible sádico que paladea el sufrimiento de su víctima. Las sombras usualmente consumían rufianes, infames que dañaron la sociedad, pero cuando encontraban un alma con la intensidad de vivir como la de Ary, trataban de corromperla y llevarla a su mundo pues al consumirla no solamente saciaban su hambruna, sino también quedaban plenamente satisfechos y robustecidos de una manera especial. Por eso Ary tenía un valor significativo para ellos, era su elixir.

Mientras Claret, continuaba en su burbuja de amor pensando que Ary le era fiel como ella a él; ciertamente lo acontecido con Julián le perturbaba, pero sabía que frecuentemente los muchachos se van de su ciudad natal para buscarse un futuro mejor. Estaba lejos de suponer que le hubiese acontecido algo malo, pues lo consideraba demasiado bueno y fuerte. Su mundo era Ary, pensar en él y buscar cómo solucionar el malentendido que había sucedido. El pensamiento que la tranquilizaba era "el tiempo hace que la gente olvide". Pero esto no aplicaba para Ary pues él tenía una memoria de elefante.

Ary cada vez era más consciente de que no era locura lo que le ocurría, sino una realidad demasiado fuerte; sabía que había abierto una puerta que no le correspondía y esto tenía un costo muy alto. Su vivir se resumía en soportar toda esa carga que a su corta edad no era común llevar a cuestas. Sabía que su corazón había cambiado con lo acontecido al padrastro de Eda; las voces ya no le causaban temor ni angustia, eran tan sólo un momento que quería aprender a sobrellevar. Había una distancia considerable entre el chico que lloró arrepentido de haber causado un mal a Julián, y este nuevo Ary que al parecer no se dolía por lo ocurrido a Pablo. Entendió que debía pagar un precio y se convenció que ni él ni Ayish merecían vivir, sabía que tenía el poder de decisión, la sombra se lo había otorgado. Sus ojos cambiaron: en su mirar se eclipsó la bondad que transmitía en otro momento, todo lo veía según su conveniencia; ahora la amistad la consideraba como una oportunidad para lograr algo, la honestidad era solamente una palabra, una apariencia; las chicas se volvieron sólo objetos observables para complacer sus sentidos y fantasear con ellas. Su idea de no desear lo ajeno, se volvió un "lo quiero y lo obtengo no importa cómo".

Y mientras tanto, el libro escribía.

> **Un mal comportamiento se genera a través de acciones indebidas realizadas frecuentemente. La conducta va cambiando, poco a poco dejan de respetarse algunas reglas que si esto no se corrige desde su inicio, a través del tiempo esos cambios se afianzan y aumenta el grado de las faltas cometidas. A veces ya resulta demasiado tarde y la persona en la que se gestó ese cambio ya se encuentra al borde**

del acantilado. Ary, si hubieras reflexionado tus decisiones no hubieses caído.

Ary tejía una verdad en medio de varias mentiras, es decir, modificaba la verdad según su conveniencia. Por ejemplo, si su madre le preguntaba: ¿Cómo te fue en la escuela?, Ary decía lo que quería escuchar su madre:

—¡Bien má, todo perfecto!

Cierto día Claret le llamó por teléfono.

—Ary, te extraño mucho, no he sabido de ti. ¿Sabes que pienso en ti todas las noches?

—Yo igual Claret, especialmente cuando veo al cielo —contestó el muchacho sabiendo que su imaginación lo llevaba casi todas las noches al momento que vivió con Eda.

(Sin fecha)

Tlato,

No tengo ya ganas de escribirte. Creo que ya no te necesito. Ahora entiendo que estoy solo, pero no importa. No entiendo qué me ocurre y no deseo sentir nada.

Hoy no quiero hablar contigo, mañana tal vez . . . no lo sé.

El adolescente tiene la caractcrística de pasar por muchos cambios en su estado anímico; a veces se despierta muy animado; otras en cambio, lleno de tristeza. Algunos cambian de ánimo influenciados por el clima, si hay sol, se entusiasman; si llueve se deprimen. Un adolescente es como la pintura de un paisaje: hermoso, lleno de colores y tonalidades, donde la pasión y la templanza danzan haciendo contraste. Se dice que cuando un adolescente percibe claridad en algo, la sigue y su sentido de justicia se exaspera en la búsqueda. Ary vivía todo ese contraste, tanto que por las noches, cuando nadie lo veía, lloraba al entender que cada día iba perdiendo ese ser veraz que tanto añoraba, su amor limpio y leal, su bondad que se estaba perdiendo. Su relación con Ayish se intensificó, siempre había momentos en los que platicaban de varios temas. Ayish con frecuencia le contaba:

—Si tú saber cuántas humanos hay en la calle como los que yo llevarme ahora con Claret y Eda, ni siquiera saludar a los que tú ver cada día.

—¿Tantos malvados hay realmente? –preguntaba Ary.

—Ustedes los hombres ser como nosotros, egoístas e insaciables. Siempre querer más. Todos querer eso que llamar dinero. Y cuando tenerlo, ustedes gastar sin sentido. Los humanos buscar obtenerlo no importar si de por medio haber otro humano. Siempre aprovecharse de otros y muchas veces engañarse. A veces ser peores que nosotros porque no engañarnos. Ustedes hacerlo y después justificarse con pretextos. Los que tienen lo tiran en vanalidades, los que no tienen lo quieren para también mal usarlo, y todos son envidiosos de los bienes de los otros.

—¿Entonces tú sabes qué es la verdad Ayish?

—Una verdad puede ser una mentira que al ser dicha muchas veces cambia. Ustedes decir mentiras y venderlas como verdades para lograr lo que ustedes querer.

—¿Entonces no hay una verdad?

—Ayish entender –se corrigió así mismo– entiende que la verdad de las cosas son eso que son y no más, pero de las personas lo único verdadero es el sonido que se expresa con la boca, pero su fondo nunca lo sabrás.

—Entiendo que vivimos en una mentira, sólo escuchamos lo que queremos escuchar.

—Ahora tú decidir qué quieres escuchar, creer, seguir, y más importante cómo usar lo que tú decir. Tú sabes ahora que una persona oculta algo en lo que comunica y tú deber encontrar es.

—Pero a nosotros nadie nos enseña, como has visto vamos aprendiendo solos. Muchas veces no sabemos si algo es bueno o malo. Tú lo has visto conmigo –Ayish prosiguió:

–Yo ver cómo ustedes dizque defender valores, pero cuando desear algo ir tras ello y olvidar los valores. Ayish no entender mucho cómo ustedes comportarse, pero Ayish aprender.

—¿Podré encontrar la felicidad algún día? –dijo Ary.

—Seguir sin entender, los hombres inventar ideas sobre la felicidad. No aprender aún que eso que llamar felicidad estar dentro de cada uno. No tener por qué dejarse llevar por otros que sólo buscar sus propios intereses.

Ayish ciertamente era un ser que a través del tiempo adquiría más conocimiento sobre el ser humano. Sabía que para ganar a Ary necesitaba involucrarse en sus pensamientos y sus deseos. Los diálogos eran un intercambio de información. Si no fuera por la naturaleza de Ayish se diría que eran amigos.

Prosiguió Ayish.

—Ustedes los hombres justificar según convenir a sus intereses. Cuando desear algo ustedes olvidar hasta su propia vida con tal de lograrlo. Tú no saber cuántos abandonar a sus familiares con tal de ganar poder o dinero. Ayish ver muchos ancianos que en un tiempo dar sus vidas por sus hijos y después ser despojados por ellos. Los humanos tener deseos tan ridículos.

—¿Ayish entonces tú eres bueno o malo?

—Ayish no ser ni uno ni otro, Ayish sólo ser leal a ti y a lo que hacer juntos.

En el fondo la sombra sabía que su naturaleza era la maldad. Cuando entregó su vida a los seres del mundo al que pertenecía, todo destello de bondad desapareció dentro de él. Ayish no siempre fue un ser oscuro. En su primitiva naturaleza hubo un deseo de aprender. Los sabios dicen que la vida debe evolucionar, pero a veces esto es para bien y muchas otras para el mal y esto fue lo que ocurrió con Ayish. Su deseo de poder lo hizo romper toda la armonía interna con la que pudo nacer y le ganó la condenación de vivir en la sombra, con la gula de consumir a toda persona que cometiera acciones depravadas. Tal vez fue una forma de castigo para que en cada acto despreciable recordara sus errores cometidos, pero todo esto Ayish sólo lo pensaba en su soledad y la angustia que le producía no la podía compartir con nadie, ni con su posible amigo.

—¿Qué es el tiempo Ayish?

—El tiempo fue creado para que ustedes los hombres acomoden sus vidas, memorias, momentos en eso que se pasa de la noche a la mañana y que pocos de ustedes aprecian tener. El tiempo es una arena que corre, con rumbo a seguir pasando; los acompaña desde que nacen hasta que abandonan esta existencia. El tiempo hace presencia en cada situación que se hace dentro de los minutos que ustedes viven; algunos segundos pasan en la conciencia y miles de otros en el anonimato de una fecha que se recuerda en el pasado. Solamente he visto que aquellos que tienen un diario o un calendario, que al releerlo se dan cuenta de todos los miles de segundos que han pasado en sus vidas, pero esos son pocos, la mayoría siguen viviendo sin darse cuenta del tiempo. Las horas corrían en sus pláticas y la curiosidad aumentaba, Ayish por conocer más del hombre y Ary por saber más verdades.

Cierto día Ary quedó en verse con Claret; ella le solicitó encontrarse en un parque por la tarde, pero él insistió que fuera en una casa abandonada que tenía acceso tanto por el frente como por una puerta trasera. Estaba construida a base de ladrillo; por doquier había tierra y plantas ya muy secas que en su momento habían echado su raíz que se extendió en todo espacio que tuviese un poco de humedad, pero ahora la falta de agua y los implacables rayos del Sol mataban a lo que también juntos había dado vida. Lo que no sabía Claret es que ese lugar era frecuentemente visitado por Ary y siempre en compañía de Eda y no era precisamente para platicar lo que les sucedía. Cuando vio a la chica acercarse a la casa mencionada, su corazón comenzó a latir con la fuerza de la ilusión, recobrando el resplandor que había perdido.

—¡Claret, viniste!

—Sí. Tú me llamaste y deseaba verte —dijo con ese dulce coqueteo que la caracterizaba y que era capaz de lograr la mejor sonrisa de Ary.

— Pasa, ven —dijo mostrándole una abertura de la parte trasera.

—¿Has venido acá? —dijo ella.

—¡Jamás! —respondió con tal ímpetu que todos creerían que era verdad.

—Ven, pasa —insistió.

— Está totalmente abandonado este lugar, pero me siento segura contigo.

—No temas. Mira, me gusta sentarme acá —mostró el único lugar donde el cemento hacía de silla y que dos personas podían compartir siempre que estuvieran muy juntas.

—¿Cómo que te gusta sentarte? ¿No que nunca habías venido? —decir una mentira siempre acarrea muchas más.

— Me refiero a que me gusta ahora.

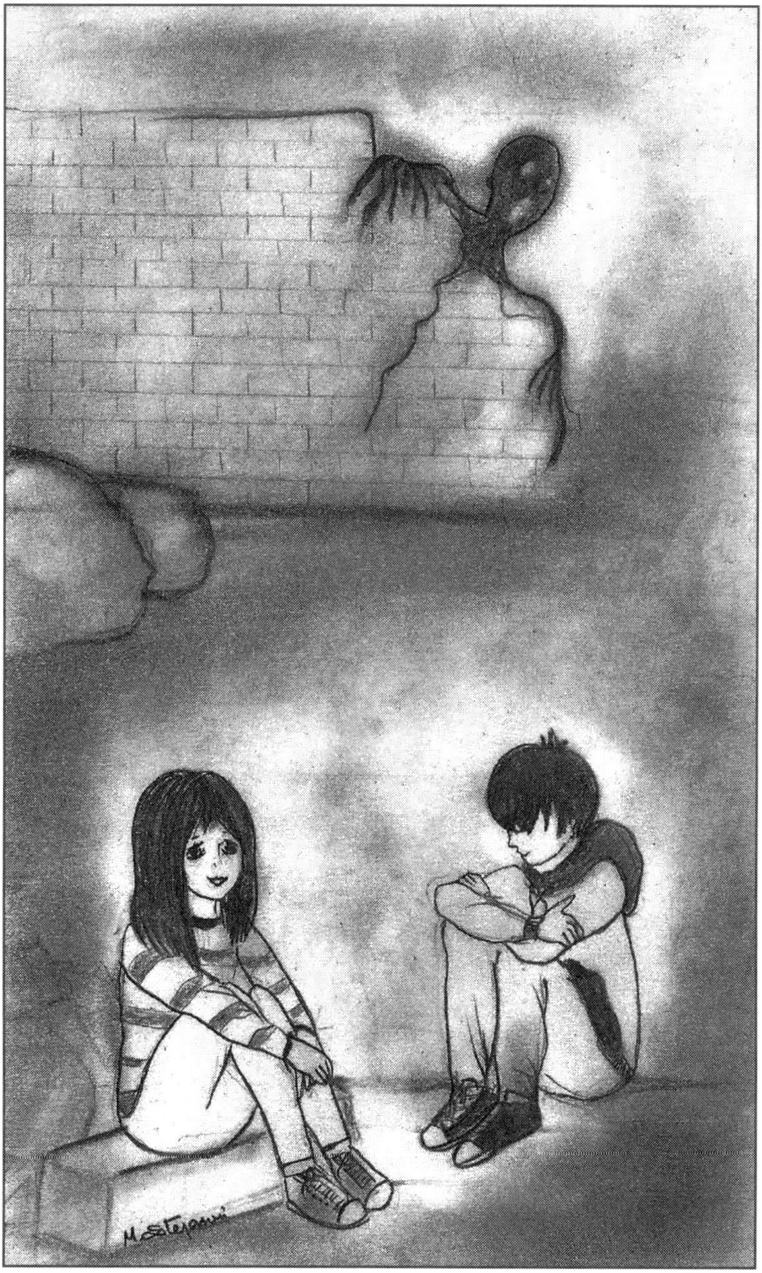

Entonces la acercó a él y se acomodó de forma que las fronteras corporales desaparecieran. Sus corazones bombeaban con tal fuerza que sus almas desearon unirse. Él la tomó de la cintura con tal calidez y ardor que tuvo como respuesta unos brazos alrededor su cuello. Los besos revolotearon como aves que van y vienen al ritmo de una música celestial. Cuando dos corazones laten por la misma emoción, la atracción se intensifica y las hormonas hacen perder las reglas sociales y morales y si aparecen se busca olvidarlas. Ambos temblaban por lo que estaban viviendo. El atardecer caía. Ayish quería atestiguar ese comportamiento tan lejano a su naturaleza, lleno de curiosidad se escondió tras una barda rota, pero al asomarse no tuvo cuidado y rompió el momento que ya casi llegaba a la intimidad, Claret lo vio y soltando a Ary se levantó presurosa.

—¡Ary, mira una sombra!

Él estaba en otra sintonía así que no le dio importancia y dijo:

— Ven, no te preocupes —Ayish viéndose sorprendido se agachó deseando ver las reacciones de ellos.

—¡Vámonos, corre! —dijo Claret dando todo el impulso a sus piernas para salir corriendo de ese lugar.

—¡Espera! —dijo Ary, pero ella se retiraba decidida y presurosa.

—¿Por qué espiabas? Gracias ¿eh? —dijo con dolo a la sombra y salió corriendo tras Claret.

Mientras tanto en el cementerio del poblado entraba un hombre vestido con una gabardina negra, totalmente calvo.

Debajo de la gabardina un traje de igual color. Su rostro tenía tres cicatrices, cosidas de tal forma que parecían adornar su rostro como si fueran marcas de sabiduría y experiencia. La primera, en la mejilla derecha, recorría todo el espacio natural; la segunda estaba en la frente, era más pequeña y la tercera en la barbilla. Lo interesante es que parecían hechas por una gran mano; como si una garra las hubiera marcado. Su piel era tan blanca, que parecía que no había sangre en él. Sus ojos eran muy oscuros, pero el izquierdo tenía algo particular, una marca en el iris color dorado, como una señal de cierto poder o don.

Cuando entró en la tierra santa, vio a su alrededor e hizo un signo en su frente. Todo murmullo proveniente de las tumbas terminó, era una muestra de miedo o respeto, el mismo viento cesó. El hombre caminaba adentrándose en el lugar y silbando el Canon de Pachelbel, y fue como si el tiempo lo acompañara en cada paso y respetara su caminar y su entonación. Se acercó a la casa del enterrador, quien estaba sentado fuera limpiando su pala.

—No he solicitado su apoyo ¿A qué vienes? –dijo el anciano.

— No nos avisaste –la voz de este hombre era profunda y sonora.

—¿Qué debía avisar? –continuaba limpiando y escupía a un lado.

—Seguro escuchaste que hay una sombra cazando sin autorización. Se está desapareciendo gente y hay rumores sobre lo que no debe descubrirse.

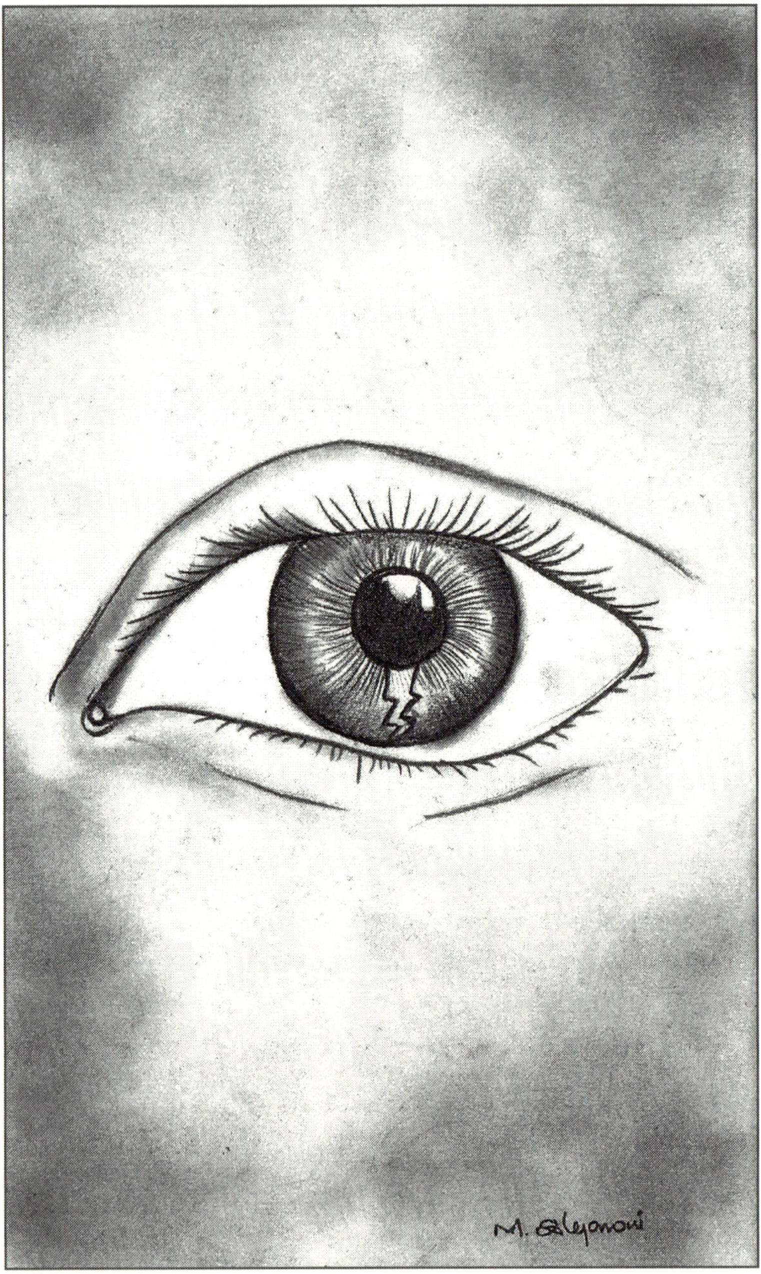

—No me gusta escuchar chismes, los muertos, muertos están –el anciano sabía que Ary era inocente, no podía entregarlo, era un buen muchacho, sólo había abierto una puerta que para los vivos y aún para los muertos estaba prohibida.

—¿Entonces no has escuchado que un muchacho invocó a esos miserables?

Al escuchar esto el enterrador tragó saliva y agachó el rostro para levantar su botella, sabía que no podía mostrar con su rostro que sabía sobre lo que este hombre decía. Se levantó y tomó su licor.

—Te ofrezco que si sé algo, te avisaré, ahora déjame trabajar –dijo volviendo a tomar su pala.

El hombre en silencio salió del camposanto. Pertenecía a un grupo que custodiaba el portal que está entre los vivos y muertos. Buscaba desaparecer todo lo que conecte con el más allá de forma no natural. Eran destructores tanto de vivos como de esas sombras a las que pertenecía Ayish. La particularidad de este hombre era que ese ojo dorado le permitía ver los lugares por donde ha estado una sombra y así no tardaba mucho en localizar al invocador.

Presuroso el anciano se levantó, dejó la pala y chifló hacia el rincón de las tumbas de los tres muchachos, quienes acudieron y le hablaron en tono burlesco.

—¿Ahora qué quieres vejete? –preguntó Fernando.

—¿Enterraste un muerto que no estaba muerto? –dijo Mat.

—¡Ya sé! Te duele la cadera otra vez —comentó José, mientras los tres se reían.

—Por si no se dieron cuenta vino un Atalayero al cementerio ¡Idiotas!

Las bromas terminaron y sus rostros cambiaron, sabían que el chico al que molestaban estaba en peligro y la cierta simpatía que tenían por Ary los hizo reflexionar que el muchacho no merecía tener un fin como el que lo amenazaba.

Para los miembros de ese grupo la única forma de cerrar un portal que alguien había abierto era sacrificando a quien había causado ese hecho y de igual forma debía procederse con la criatura o bestia que había acudido a ese llamado. El atalayero que había estado en el cementerio se llamaba Sariel, quien era conocido por ser un famoso sacrificador de jóvenes que habían realizado algún conjuro. Era excelente rastreador y en su mente sólo tenía una misión que cumplir: "Purificar al impuro y enviar al abismo a los seres de la oscuridad". Se contaba que en su primera cacería tuvo que privar de la vida a una chica y la sombra que ella invocó le marcó el rostro con su garra, pero Sariel pudo clavarle una daga consagrada en sus rituales y así terminó también con su existencia. Su prioridad era la justicia, fue reclutado desde muy joven por esta hermandad, que formaba a sus hombres en dos principios: Prepararse para cumplir su misión y cumplirla.

Tenían un horario que se repetía día tras día: Comenzaba antes de la salida del Sol. Lo primero que hacían era tomar una hora para fomentar pensamientos que los hicieran mejores en todo lo que hacían, después dedicaban tres horas para ejercicio y al terminar comían lo suficiente para estar fuertes. Una vez tomados los alimentos se dedicaban a estudiar libros que hablaban de diversos contenidos: culturales, políticos, sociales y desde luego, tenían libros propios acerca de cómo vencer a las criaturas malvadas, vivas o sombras. Dentro de sus características estaban ser ordenados y formales hasta el grado que actuaban con la precisión de las manecillas de reloj. Enviaban solamente a uno de ellos a cumplir la misión y si fallaba mandaban a otro hasta conseguir el objetivo. Siempre tenían presente su objetivo: Deshacerse de los malvados.

El atalayero comenzó su búsqueda en el poblado, deseaba terminar ese asunto y continuar con sus demás misiones. Detuvo el coche, se bajó y chifló su típica melodía, miró en dirección al Sol con los ojos cerrados y comenzó a meditar sin dejar su silbido, no tardó más de diez largos minutos así, abrió los ojos, se subió al coche y comenzó a manejar por las calles enfocando su ruta hacia donde le indicaba la marca en su iris. Dicha visión le mostraba los lugares donde la sombra había estado ya fuera noche o de día, pues dejaba como un camino de chapopote que sólo los que tuvieran el don podían percibir. Siguiendo la marca se dio cuenta que llegaba a las afueras del cementerio. Percibió que el camino hacia el cerro estaba infestado, así que decidió volver a hablar con el anciano. En tanto el anciano había enviado a los tres jóvenes para buscar a Ary, quienes tenían el tiempo encima para encontrarlo antes que el atalayero.

Ary caminaba rumbo a su hogar, pero con la pesadumbre de que el momento más importante de su vida se había esfumado por un par de ojos invasores. Entró a su casa y al subir a su cuarto recibió una indicación oportuna de Renata.

—¡Hijo, ordena tu cuarto! –lo primero fue ir por el libro que había dejado días atrás en el cuarto de sus padres bien escondido para no ser encontrado. Ayish no estaba y el desorden abundaba.

Dejemos a Ary con su tarea y atendamos a Sariel quien entraba en ese momento al cementerio y esta vez fue recibido por frases variadas de parte de los habitantes.

—¡Atalayero! Acá no encontrarás lo que buscas –una voz señorita.

—¿Buscas criaturas para mandar a la oscuridad? –la voz de un anciano.

—¡Sariel! ¿Por qué nos visitas? –una voz de mujer.

—¡No por favor! –un niño gritando.

El Atalayero sabía que algo muy extraño estaba ocurriendo. Siguió su camino chiflando suavemente hacia el lugar del enterrador quien ya lo esperaba.

—¡No puedes decidir todo! No te corresponde –dijo el anciano.

—¡Has mentido anciano! No es honorable.

—Jamás mentí, sólo te dije lo que veía conveniente. Eso no es mentir. "Sólo deberás informar todo a quien te hará un bien y a tu autoridad." Así dice uno de los principios o ¿me equivoco?

—No te toca a ti anciano intervenir en el balance, tu función solamente es llevar los cuerpos a su descanso. Yo debo llevarme a los que han entrado a la oscuridad y a las creaturas que los han escuchado.

El enterrador contó a Sariel la historia de Ary esperando un poco de justicia.

—Es. . . conmovedora —respondió el atalayero.

—¿Qué vas a hacer entonces?

—Lo que me toca hacer, ese muchacho se convertirá en un monstruo, igual que las creaturas que lo siguen. Entiende que las sombras preparan un banquete donde él será el platillo principal y así su corazón terminará siendo muy diferente al que conoces –El anciano comprendió que no cambiaría su parecer y se daba cuenta que el atalayero ya tenía pistas donde buscar a Ary.

—Entiendo que lo has decidido, me extraña esa justicia que ustedes dicen vivir, donde no hay oportunidad para el cambio y poder mantener el balance. Yo de joven siempre reflexionaba –argumento que servía para ganar tiempo y prosiguió contando parte de su vida.

Entretanto el alma de un niño que corría jugueteando por el cementerio encontró un papel, lo recogió y leyó su contenido: "Avisen a Ary que regrese al cementerio. Es urgente". Al escuchar el mensaje otras tres almas salieron a buscar a los amigos para avisarles que el anciano había enviado un mensaje.

—Me tengo que ir anciano, no tengo tiempo para oir tus experiencias –Sariel se dirigió a su automóvil y el anciano comenzó a orar y pedir la fuerza para proteger al muchacho.

Los tres amigos llegaron a la casa de Ary y junto con ellos uno de los mensajeros con la nota; sin ser vistos entraron a la habitación a través de la pared.

—Oye muchachito debes largarte –dijo Fernando.

—¿Qué hacen en mi casa? ¿Vienen a burlarse aquí también? ¿No tienen nada más que hacer?

—¡Entiende! Es por tu bien, nos mandó el anciano –dijo José.

—¿Qué broma quieren hacerme ahora? –dijo Ary con gesto de cansancio.

—Tu vida corre peligro –dijo Mat y le contó todo lo que había sucedido.

Para el atalayero no fue difícil encontrar el rastro de Ayish dejado en cada calle que recorría, y que lo llevaban a la casa de Ary. Llegó y se estacionó frente de su casa. Una vez que se detectaba al invocador la misión era clara: Privarlo de la vida al igual que a todo ser que se interpusiese, en el caso de Ary serían sus padres en primer lugar. Tomó sus dagas y bajó del coche.

Ary discutía con los tres amigos, cuando el libro empezó a agitarse fuertemente. Ary se acercó a la ventana y vio a un hombre que iba directo a su casa. Ary abrió el libro y leyó:

"Corre, corre al cementerio, él ya está aquí..."

Y Ary deseó no haber tomado ese camino.

Capítulo 7

El dolor no siempre tiene sentido.

20 de septiembre de 1998

Tlato,

No sé en qué problema me he metido, me persiguen, tengo mucho miedo, las voces siguen en mi mente. La angustia me está comiendo, no hay más esperanza, me siento vacío por dentro y por fuera. Y ahora este hombre que me quiere apartar de mis padres, de mis amigos, de Claret.

Creo que he hecho cosas horribles, pero nadie lo puede saber, porque entonces sabrían que no soy la persona que aparento ser. Lo real Tlato es que todas las personas simulan ser quien en el fondo no son. Yo no quería ser así.

La última vez te dije cosas que no quería decir realmente, disculpa.

¿Qué historias hay en la mente de ese hombre que pretende arrancar a Ary de su mundo?

Dentro de las narraciones con las que los atalayeros se formaban, se contaba la de una araña tejedora, llamada Jana, la cual era amable con todos los insectos de su colonia, y hasta les daba comida si lo necesitaban. Era empática y tenía el importante don de escuchar, lo que hacía con frecuencia mientras tejía ropa para los vecinos que se lo solicitaban. Esto la hacía sentir contenta. Una fábula tan sencilla y tan llena de aprendizajes para ellos; las enseñanzas donde se usa la imaginación resisten el peso de los siglos y no se olvidan.

Cierto día llegaron a su casa ocho hormigas con una petición.

—Jana, necesitamos que nos hagas un traje para cada una.

—¡Claro! Pasen. ¿Les ofrezco un terrón de azúcar?

—Sí danos rápido, queremos comer.

Jana les dio el azúcar y se retiró a su taller para trabajar de forma esmerada; cuando casi terminaba los trajes escuchó que cerraban la puerta de su casa. Las hormigas habían deshecho todo su lugar, comieron sus muebles de palillos y robaron la comida que quedaba. Jana lloraba por recibir ese maltrato, sus sentimientos y amabilidad habían sido lastimados.

—¿Qué hice mal para que me traten así? –a pesar de eso su buena voluntad no cambió y siguió su vida, sirviendo a la comunidad. Todos los días regaba sus plantitas, cierto día cuando estaba realizando esa actividad un grupo de catarinas pasaron por ese lugar entonando una canción para molestar a Jana:

—Araña Jana, araña marrana, araña nacaña, araña rataña –y se mofaban diciendo esa tonadilla; las catarinas por su soberbia no soportaban que Jana hiciera lo que no era común por su naturaleza: ayudar a los otros insectos. Jana hacía caso omiso de esa tonta actitud sabiendo que su amabilidad podría cambiar la mala fama de otras arañas.

—¡Buenos días, Señor Grillo!

—¡Buenos días Jana! –respondió.

—¡Buenos días Doña Mariposa!

—¡Hola Jana!

Un día las envidiosas hormigas rompieron las macetas de la arañita.

—Qué araña tan tonta, siempre buscando ayudar a los demás –dijo una hormiga.

—Sí, siempre buscando ser educadita –dijo otra hormiga, mientras reían y se mofaban.

—No sean así chicas, no rompan mis cosas, no soy mala –dijo llorando la araña mientras recogía lo destrozado. Su corazón se rompía de recibir tales acciones –al rato pasaron las catarinas con su burda cancioncilla.

Así pasaban los días y las semanas. El peso de la molestia crecía y crecía, pero Jana tenía una idea.

—Yo soy buena para mí y no para complacer a otros.

Cierto día de tormenta una mantis asesina se acercó a la colonia para alimentarse, los habitantes corrían hacia todos lados llenos de temor. Jana pensó en hacer una trampa para la Mantis. En medio de unas plantas tejió su telaraña con la imagen de otra mantis, más grande, más fuerte y más feroz, bueno... más mantis, en pocas palabras. Con la lluvia y los relámpagos el reflejo de esa imagen se veía tan real como feroz. Jana tomó el resto de un caracol vació y habló con un tono lo más grave que pudo.

—Esta es mi colonia, ¡lárgate de aquí! No te metas con mi comida –la voz era tan profunda y amenazadora, que la mantis real huyó despavorida. Todos celebraron el ingenio de Jana, menos las ocho hormigas y las catarinas que comenzaron a entonar su tonta canción, mostrando así su envidia.

—¡Araña Jana, araña marrana, araña nacaña, araña rataña, hagas lo que hagas nunca dejarás de ser la Jana marrana!

Jana entendió que aunque hiciera lo que hiciera, ya fuera un acto heroico, no ganaría a aquellos que no la querían aceptar. Reflexionó sobre vivir su vida siguiendo su naturaleza y descubrió que sus sentimientos la dañaban porque no la dejaban ser como una araña normal.

Un día decidió invitar a las hormigas y a las catarinas a su casa. Colocó el número conveniente de sillas para que cada una tuviera un lugar. Todas aceptaron pues tenían la intención de burlarse de la araña, todas juntas durante ese encuentro.

—Gracias por venir –dijo Jana y les ofreció terroncitos de azúcar, los invitados comían y comían

—¿Les parece bien si hago una capa de telaraña a la casa para que no sientan frío?

–¡Sí ve Jana! –dijeron mientras se veían unas a otras burlonamente.

Jana salió, comenzó a envolver la casa con una telaraña tan delicada como gruesa a la vez. Selló la puerta y las ventanas tan herméticamente que el calor interno comenzó a elevarse. Las hormigas y catarinas trataron de salir por la puerta, pero, estaba totalmente pegada. Buscaron entonces salir por el techo, pero ahí apareció Jana diciendo.

—Me costó tiempo entender que ustedes no iban a cambiar y que yo no tenía que hacer las cosas para agradar a nadie.

Las hormigas y las catarinas clamaban:

—¡Ya entendimos la lección, discúlpanos!

—Pensé que entenderían mis buenas obras. No fue así, todavía escucho su canción en mis oídos.

—¡No Jana, ya no sucederá! –dijo una catarina.

—Ahora he entendido mi naturaleza y aceptarla ha sido lo mejor que he podido hacer. Dicho esto comenzó a cubrirlas

165

con su telaraña, acallando así cada una de las voces desesperadas de los insectos atrapados. Luego se comió poco a poco a cada uno de los invitados, disfrutando el momento.

Dicha fábula se contaba a cada atalayero que ingresaba en el Instituto, con el propósito de enseñarles que no debían dejarse llevar siempre por los sentimientos; les demostraba que debían ser delicados con los seres buenos y a actuar siempre con fuerza con los seres malvados y posteriormente la enseñanza de planear los ataques para terminar con esos seres de forma que no puedan tener escapatoria alguna. Los convencían que siempre debían respetar su naturaleza y unir su inteligencia con una voluntad de hierro.

Regresando a la historia de Ary: Sariel bajó del coche silbando su conocida tonada y cuando entraba al jardín de la casa de Ary aparecieron ante la puerta de entrada Mat, Fernando y José.

—No puedes entrar en esta casa, hay gente buena. Por cierto, tu silbido no nos gusta –dijo Mat.

—Ustedes no deberían estar aquí. Váyanse a sus tumbas espíritus inmaduros.

—No estás entendiendo amigo, no puedes entrar. No lo vamos a permitir y a parte inmaduros, si somos más viejos que tú –dijo José, con tono decidido y burlesco.

—No volveré a repetir que se vayan –comentó el atalayero.

—¿Más viejos? No creo José, yo creo que somos de la edad –riéndose le respondió Mat.

—Antes de que se ponga esto feo –dijo Fernando– queremos decirte que respetamos tu misión con los seres oscuros, pero no con un buen muchacho, aquí te equivocas Sariel, así te llamas ¿Verdad?

—¡Déjalo! Se nota que su inteligencia no funciona el día de hoy –dijo Mat.

—Veamos qué puede hacer con nosotros tres, no tiene manera de defenderse pues no somos malos y tampoco somos mortales –respondió José.

Mientras hablaban los tres movían sus articulaciones, como calentando músculos, los cuales ya no eran necesario calentar.

—Bueno espíritus yo les advertí: *Crux Sancta* –pronunció el atalayero trazando con su mano un signo en el aire, para levantar un conjuro que lanzaba a cualquier espíritu por los aires, pero Mat lo interrumpió diciendo:

—¡Espera, espera, amigo! Tranquilo, Ary ya se fue de su casa y nosotros con él y desaparecieron los tres con risitas burlonas.

Efectivamente Ary había salido corriendo por la puerta trasera. Sólo tenía en su mente la idea de llegar al cementerio, no volteaba hacia atrás. No sabía que los tres amigos hacían tiempo entreteniendo a Sariel, quien viéndose burlado se dejó llevar por su enojo, lo cual iba en contra de lo que enseñaban en su Instituto: "Nunca dejarse llevar por los sentimientos". Subió a su coche y empezó a recorrer toda la población; sudaba frío. Era interesante cómo un hombre de tanta experiencia había olvidado su código y sus lecciones ante la burla.

Mientras, Ary corría calle tras calle, volteando de vez en cuando para asegurarse que no lo siguiera alguien, como un ladrón que se oculta en los mínimos espacios; cada coche se volvía un refugio, cada poste un búnker donde ocultarse, cada persona que veía en la calle le parecía un perseguidor potencial, considerándola cómplice del atalayero. Pensaba: "¿Dónde estarás Ayish ahora que necesito tu ayuda? Ojalá aparezca". Finalmente llegó al cementerio y entró; apenas podía respirar por la velocidad que llevaba en su carrera; estaba pálido y su boca, seca. Fue recibido por el anciano quien lo pasó a su vivienda y lo invitó a sentarse ofreciéndole el conocido té amarillo, de flor de cempasúchil, el cual curaba tanto el alma como el cuerpo según las leyendas del pueblo.

—¡Toma tu té! Así aliviarás el mal que te aqueja.

—¡Señor, un hombre quiere lastimarme! —decía llorando por el temor.

—No sé qué hacer muchacho, estás en el límite entre el bien y el mal, esto no es normal —Ary temblaba pensando: "¿Y qué es lo normal?" pues finalmente era habitante de un mundo donde todos actúan pensando que lo que hacen es normal, y no se cuestionan sobre sus acciones.

—¿Qué podemos hacer? ¡Por favor ayúdeme!

En ese momento aparecieron los tres amigos.

—Viene para acá, no tardará en llegar —dijo Mat.

—Debemos estar listos para lo que viene, romperemos reglas que no debían tocarse, pero tu maldición ahora está también sobre nosotros —dijo el anciano.

El atalayero llegó al camposanto, bajó de su coche sacando su daga y entró con la misma tonada de siempre.

—Vengo por alguien que no les corresponde, les pido no entrometerse o habrá consecuencias y no podrán descansar en paz nunca –advirtió con potente voz, un gran enmudecimiento se hizo por parte de las ánimas, y si el silencio pudiera ser escuchado, en ese momento su definición se renovó para los años posteriores; nadie quería correr el riesgo de no poder descansar. El anciano fue avisado que ya estaba dentro.

—¿Chicos, están listos?

—¡Claro anciano! Veremos cómo te defiendes a tu edad –los tres amigos siempre con sus comentarios nada gentiles.

Cuando Sariel llegó frente a la casa del enterrador, se escuchó una voz.

—Tekutsin Sariel –palabras que en la lengua nativa significaban: "Amado Señor".

— ¡Haya paz en tu espíritu! –dijo con ternura la anciana María Xiloa.

—¡Anciana!, no esperaba encontrarla en esta situación –dijo el Atalayero.

—Tekutsin Sariel, debes irte, no busques pelear, no rompas tu armonía lograda en tantos años. Ese chico no es malo, debes comprender que es producto de la sociedad, que ustedes en cierta forma controlan y promueven. ¿Qué de malo hay en el deseo de conocer la verdad?

—Anciana, cada uno decide con su voluntad. Lo que dices demuestra que las personas se justifican dejándose llevar por lo que dicen los demás. Nosotros creemos que el hombre forja su destino y él decidió hacer una alianza con la oscuridad, por eso debe pagar el precio.

En la vivienda el anciano, Ary y los tres amigos atestiguaban lo ocurrido.

—Tekutsin Sariel, eres firme en esta determinación, creo que te has dejado llevar por una pasión y no es justo. Ustedes mismos saben que no deben dejarse llevar por sentimientos.

—Has visto muchas cosas pasar por sus ojos y bien sabe que la gente siempre olvida, y esto se olvidará.

—Tekutsin te lo suplico.

—Anciana no se meta, retírate —dijo sacando de entre sus ropas la daga, aún no terminaba de hablar cuando la anciana le propinó con su bastón un golpe en el pecho que lanzó al atalayero a una tumba y lo dejó tirado unos minutos, mientras se recuperaba del dolor.

—¡Corre Telpochtli Ary, corre! —gritó Maria.

Ary salió del cementerio desesperado, sin rumbo; los tres amigos iban tras él, mientras el anciano veía cómo el atalayero se incorporaba y sacudiendo su ropa dijo:

—Sine misericordiam —que en español se traduce como sin misericordia

Al mismo tiempo lanzó tres dagas que estaban grabadas con esta inscripción en latín y en español, mortem autem pugionem , "muerte por daga". Iban dirigidas hacia el pecho de la anciana pero ella no se inmutó pues los espíritus no tienen carne, el sepulturero gritó:

–¡María, quítate! Son dagas para los espíritus…

Antes que el hombre terminara la frase, las tres dagas se habían clavado en ella, pues al tener esa inscripción tenían la capacidad de dañar a las almas.

La anciana cayó al suelo. El sepulturero corrió hacia ella, pero no podía tocarla, no sabía qué hacer y gritó al atalayero, quien ya retomaba su camino tras Ary:

—¡Ve lo que le hiciste mal nacido! –lloraba al ver sufrir a un alma buena.

—Esa anciana descansará –dijo el atalayero.

La anciana musitó:

—Tlasojkamati –que significaba gracias y su ser desapareció.

El sepulturero comprendió que la misión de ella había terminado con una buena obra y le ganó el descanso eterno.

Ary estaba perdido interiormente, llevaba en su ser un abismo que para él no tenía fin. Sabía que no podía correr toda la vida. Sólo pensaba "debo ocultarme para que no me encuentre ese hombre, espero que mis padres estén bien" y seguía corriendo llevando consigo una maraña de angustia.

Mientras tanto el libro escribía:

> Durante toda su vida, hombre y mujeres tienen cientos de momentos que van definiendo qué tipo de vida lleva cada uno. No hay vida perfecta, todas tienen las caras de la felicidad y de la tristeza. Luchar siempre por ser mejor es el mejor hábito que puede practicar un joven para las batallas que tendrá que afrontar a lo largo de su existencia.

Y como siempre, el colibrí permanecía inmóvil, impasible entre la ropa; pero tal vez fue el símbolo que abrió esas puertas que ahora se buscaba cerrar.

Eda, ajena a lo que su amigo padecía, se encontraba en la banqueta afuera de su casa cantando, tal vez era un llamado de ayuda a través de una melodía, sólo los que han tenido vivencias difíciles podrían entenderla. La letra decía:

Cada mañana despierto
pensando en mi felicidad.
Acaso tendré la suerte
de encontrarla algún día.
Cada mañana la busco,
imaginando que vendrá.
Pero no siempre el destino,
nos indica el camino...

De pronto escuchó la voz de Paulina con tono agresivo:

—¿Dónde estás muchacha?

—Dime mamá –mientras se levantaba y se sacudía el polvo.

—¿Dónde te metes? ¿Qué no ves que necesito que estés al pendiente de Memo?

—Mamá, pero yo también tengo cosas que hacer.

—¿Qué tienes que hacer aparte de ayudarme? Ahora estamos solos, ya no está Pablo para apoyarnos –palabras que hicieron encender el enojo de Eda.

—¡Él nunca apoyaba en nada! No era necesaria su presencia. Estamos mejor sin él, mejor que se haya ido.

—¡Cállate, no hables así de Pablo! Espero que pronto regrese, es un buen hombre y excelente padre para ti y Memo.

—¡Mamá tú mereces algo mejor que ese tipejo! Jamás se portó como un padre con nosotros. Tú necesitas a alguien que te respete y te valore mamá.

—¡Fíjate cómo me hablas! ¡Cambia tu tono o te doy una cachetada! Tú seguramente nunca encontrarás un hombre como Pablo. Estás destinada a repetir lo mismo que yo he hecho y no más.

—No quiero escoger una vida como la tuya, no quiero conformarme como tú mamá. No quiero tener un hombre así en mi vida, Creo que merezco más, quiero más.

—¡Cállate, muchacha estúpida!

Y mientras tanto, el libro escribía

La fortuna de una generación radica en aprender lo bueno que le enseñaron sus progenitores rompiendo los malos ejemplos que éstos pudieron mostrar; pues repetir los errores de los padres y justificarse con frases como: "yo así aprendí" o "así me enseñaron" sólo lleva a la desdicha y frustración.

Eda detuvo sus lágrimas, si ya era difícil que hubiera comprensión entre ella y su madre, sentir que la mujer que le dio la vida, ahora la ofendía por el fingido amor de un extraño la hacía sentir rabia por lo que ella apretaba sus dientes, unos contra otros, no dejando que ese caudal que sentía en sus ojos brotara, sólo decía para sí: "Si mi madre supiera el tipo de persona que es ese desgraciado, no lo defendería y me daría más tiempo y amor que necesito de ella". Echó a caminar sin rumbo fijo, encontrándose con Ary, quien iba corriendo, con el rostro blanco.

—¿Qué tienes Ary?

—¡Eda, vete, estoy en peligro! –disminuyó un poco su veloz carrera.

—¿Quién te sigue? ¿La sombra? Dime quién –caminó aprisa junto a él.

—¡No Eda, no! Debo irme, es un hombre quien me persigue.

—¡Ve a la policía!

—¡No puedo! Debo esconderme.

—Ve al antiguo auditorio del pueblo, ahí nadie te encontrará.

Sin responder a su amiga Ary retomó su veloz carrera rumbo al lugar que ella había sugerido. El auditorio siempre estaba abandonado, salvo en las festividades del pueblo, pues era el lugar de encuentro de los pobladores durante los eventos importantes.

Entró al lugar, estaba oscuro, lleno de polvo y de recuerdos. En el fondo una mesa, símbolo de los acontecimientos alegres que causaban sonrisas, momentos durante los cuales la comida y hasta bebidas embriagantes se despachaban con la finalidad de amenizar la ocasión. Ary se ocultó debajo de la mesa, viendo hacia la entrada temblando por el peso de la situación.

Las voces comenzaron a escucharse.

—¡Ary, Ary, Ary!

—¡Ary, Ary, Ary!

Ary, sin hacer mayor caso de ellas pensaba: "Si me encuentra este hombre me va a dañar, Ayish debería hacerse cargo de él", pero casi enseguida su conciencia lo confrontaba y surgían sentimientos de arrepentimiento y sus pensamientos cambiaban. "No, no puedo pedir que lo dañe, ya sería la tercera persona que muriera por mi decisión".

Así Ary buscaba soluciones en su mente mientras seguía soportando las voces.

—¡Ary, Ary, Ary!

—¡Ary, Ary, Ary!

Por otra parte el atalayero manejaba su auto buscando ávidamente con sus ojos sin dejar de silbar su tonada. No podía ver el rastro de la sombra y era lógico, Ayish no estaba presente. Ahora buscaba recobrar la tranquilidad que la anciana le había mencionado y que había quedado olvidada por la soberbia, hábito que conduce a un comportamiento errado. De pronto vio a lo lejos como Ary entraba en el auditorio. La misión estaba a punto de culminarse, el encuentro estaba marcado y acabaría entonces con los dos sujetos que motivaron las desapariciones en el poblado.

Eda pensaba cómo ayudar a su amigo y se encaminó de prisa a casa de Renata, al llegar tocó fuertemente.

—¡Buenas tardes, Señora!

—Hola, no está Ary muchacha –abrió Renata secando sus manos.

—Soy Eda, la amiga de su hijo, me recuerda –trataba de mostrar tranquilidad.

—Sí te conozco. ¿No has visto a mi hijo de causalidad?

—No señora, no lo he visto. Perdone, ¿me podría dar un vaso con agua por favor? Me vine corriendo porque le pedí a Ary que me guardara una pulsera de mi mamá –mientras hablaba pensaba para sí: "que diga que sí, que diga que sí"

—¡Claro! Pasa a la sala.

—Gracias Señora –mirando la escalera de reojo. Cuando Renata se dirigió a la cocina, Eda subió corriendo las escaleras. Recorría las recámaras con cautela. De pronto escuchó ruido en un cuarto. "Hay alguien acá arriba" pensó. El sonido aumentó llamando su atención. Era el libro el que producía el ruido al moverse. Entró al cuarto donde provenía el ruido: "Éste es el cuarto de ese babotas" pensó con alegría. La habitación estaba oscura, se acercó al espejo y habló suavemente:

—¡Sombra! ¡Ary necesita tu ayuda!

Al no tener respuesta insistió:

—¡Sombra! ¿No escuchas? Ary te necesita —mientras pensaba: "Maldita sombra dónde estás".

—No usar esas palabras para Ayish. Recuerda que yo salvarte —Eda no podía hablar, el miedo la había paralizado, mientras Renata entró a la sala con el vaso de agua y unas galletas.

—Eda, acá está, ¡Qué extraña muchachita! Pide agua y se va. ¡Vaya educación! —Y regresó a sus labores.

Mientras tanto Eda se armaba de fuerzas.

—¡Aaary necesita tu ayuda, está en peligro! —palabras entrecortadas que mostraban su miedo ante la sombra, pero era superado por la angustia de saber que su amigo estaba amenazado.

— Ayish no entender —mientras pensaba "La presa no escapar otra vez".

Eda le contó lo que Ary le había referido. Ayish empezó a bufar a segregar líquido, lo que eran sus encías le sangraban; un enemigo tan temido estaba en el campo y quería a su presa.

—Ayish no permitirlo, Ayish ayudar.

Mientras hablaba, abría y cerraba las mandíbulas una y otra vez, como calentando el músculo y pensaba que si mataba al atalayero la horda le temería y esto favorecería su futuro dentro de su mundo.

—Ve con Ary, está en el auditorio —y le dijo cómo llegar.

Antes de partir la sombra solicitó algo a Eda y segundos después se lanzó hacia el auditorio entre la oscuridad, pensando cómo derrotar al atalayero. Salió tan de prisa que no le dio a tiempo a Eda para preguntarle acerca de lo que le había pedido.

Mientras tanto con Ary, Sariel detuvo su auto frente al auditorio, sacó sus dagas y caminó lentamente hacia el interior. Ahí continuaba Ary y con él ya los tres amigos.

—Ya llegó —dijo Mat.

—Debemos avisar al anciano —comentó Fernando y José salió con rumbo al cementerio por el anciano.

—Ya no es necesario, no podemos hacer otra cosa, no hay escapatoria —dijo Ary con cierta resignación, sabía que había realizado acciones indebidas y sentía que para él la esperanza había muerto.

Entró el atalayero y los vio.

—No sé qué es lo que hacen ustedes aquí almas, les recomiendo irse y dejar que la justicia cobre lo que alguien tiene que pagar.

—No nos iremos –dijo Mat.

—Entonces tendrán que presenciar algo que no será de su agrado.

El atalayero comenzó a acercarse despacio, mientras movía las dagas y las hacía sonar al ritmo de su silbido.

—Aléjate –dijo Fernando colocándose delante de Ary.

—¡No te acerques al muchacho! –gritó desde la entrada el anciano, mostrando una pala y junto a él estaba José.

—Anciano, te dije que no te metieras y no has entendido –mientras hacía un signo con la mano.

—Somos cinco contra ti Sariel, ¡Mejor vete! –dijo el anciano, lleno de ira recordando lo ocurrido con su amiga María.

—Bueno, pues así será –y comenzó a decir palabras en latín.

El anciano fue hacia él con su pala en mano, a la velocidad que le permitían sus frágiles piernas. Los tres fantasmas se lanzaron contra él.

—¡Vade Spiritus! –pronunció con fuerza.

Los tres espíritus cayeron por tierra sin poder moverse, estaban inmóviles; el anciano tiró un golpe, pero su fuerza no era suficiente y el atalayero lo lanzó al suelo con el mismo impulso que llevaba el puño.

—¡Déjalos en paz, es a mí a quien quieres! –gritó Ary

El muchacho se lanzó contra Sariel, como buscando la estacada para ya descansar.

—Decides bien muchacho, ahora todo acabará –empuño una daga directa al corazón de Ary. Desde el piso el anciano jaló una pierna del atalayero quien cobardemente le lanzó una patada, pero los tres amigos ya recuperados, lo tiraron por tierra antes de que siguiera atacando al anciano. Ary estaba inmóvil siendo testigo de tan tremenda situación. Sariel quiso pronunciar otra palabra en esa lengua arcaica, pero recibió un golpe directo en la quijada propinado por el anciano quien había puesto toda su fuerza a su pala y quien, con ese mismo impulso volvió a caer en tierra.

El atalayero furioso lanzó otro conjuro contra Fernando y José, los cuales fueron lanzados por los aires, como hojas movidas por el viento, entonces tomó a Ary por el brazo y proyectó el puñal hacía él, cuando Mat se lanzó sobre Sariel, quedando ensartado en el puñal. Un grito aterrador se escuchó y Ayish con su garra atravesó por la espalda a Sariel y le arrancó con una mordida parte del rostro. En el piso el atalayero trató de arrastrarse hacia la puerta, como buscando escapar.

—Finalmente apareciste criatura infernal –dijo con dificultad y ahogándose con su propia sangre que le salía por la boca.

Ayish para asegurar que no pronunciara ningún conjuro más se acercó, le comió la lengua y rompió sus muñecas evitando algún movimiento mágico. Eda entró corriendo con un espejo no más grande que una caja comercial.

—Poner en el suelo –le dijo Ayish –ella hizo lo que la sombra había indicado y corrió a abrazar a Ary. José y Fernando acudieron a ver a Mat, quien yacía tirado, en tanto el anciano se incorporaba con dificultad. Ayish tomó al atalayero por una pierna y lo arrastró hacia el espejo entrando en él con el cuerpo agónico de Sariel.

Mat atravesado por la daga, se dolía. Lo rodearon el anciano, José y Fer, quienes no comprendían lo que estaba ocurriendo.

—No quisiera dejarlos amigos –dijo Matías.

—¡Mat no nos dejes solos en este mundo! –dijo José.

—¡Matías sin ti no seremos más los tres amigos! –dijo Fer.

El alma de Matías comenzó a evaporarse y dejó de ser vista por sus amigos.

—Los quiero amigos... –se escuchó como eco y el anciano lloraba en silencio.

Ary se acercó al anciano expresando su dolor.

—¡Lo siento tanto Señor. Muchachos perdónenme! –José y Fernando le dijeron a una sola voz:

—No queremos saber más de ti Ary.

Y los dos desaparecieron regresando al cementerio.

—Debes comprenderlos, perdieron a su mejor amigo –dijo el anciano.

—¿Qué les pasó a la señora María y a Mat si ya estaban muertos?

—Al defenderte una buena obra han logrado descansar en paz. No lo habían alcanzado antes porque sus muertes fueron violentas.

—¿Estás bien Ary? –dijo Eda.

—Sí Eda, gracias ¿Qué fue lo que sucedió?

Eda les contó lo que hizo para encontrar a Ayish y pedirle ayuda. El anciano escuchaba y pensaba: "Esa sombra no hizo esto por ser bueno y ahora debo ver cómo arreglar este problema con el Instituto". Salieron de ahí acompañándose en el camino. El anciano dejó a Ary y a Eda en su casa y siguió su camino rumbo al camposanto.

El libro escribía.

Es tan grande el dolor de perder a alguien que se inventó el tiempo para que ese dolor se diluya de forma pausada y natural. Descansa muchacho que todavía falta una prueba más.

Y el colibrí seguía entre la ropa...

Capítulo 8

Para pasar una prueba hay que prepararse...

—¡Ary, Ary Ary!

—¡Ary, Ary, Ary!

Las voces ya no sólo se dejaban escuchar durante las noches, aparecían en cualquier momento del día, haciendo que el temor de perder la cordura fuera cada vez mayor en Ary, quien desde su interior gritaba un silencioso: ¡Ya callen!

—Ary, Ary, Ary –las voces eran ya parte de todos sus días.

28 de Septiembre 1998

Tlato:

Han pasado varios días desde que ese hombre vino a lastimarme. No he sabido de Ayish, ni de Eda, ni del anciano, ni de Claret. Sólo esas voces me hacen compañía.

Si a alguien le contara todo lo que he vivido, seguramente diría que es una fantasía o un sueño. Es imposible que a una persona le suceda todo esto y en tan poco tiempo de vida.

Tal vez resulte interesante Tlato que habiendo vivido experiencias tan hermosas, tan llenas de vida y de ilusiones, ahora me sienta con esta angustia de soledad.

¿Cómo se va a llenar este vacío? ¿Será que Claret lo llene? Eda me hacía sentir tan bien cuando me acariciaba, y cuando esos recuerdos vienen me producen una sensación agradable, pero luego se van y nuevamente aparece este hueco dentro de mí.

A veces me parece ridículo que teniendo tantos problemas, yo piense en el amor.

¿No habrá alguien que me auxilie? ¿No hay nadie que ayude sin buscar algo a cambio? Creo que no. Yo sólo quería conocer la verdad, conocer el amor. . . ser feliz.

Ya no soporto esas voces, amigo. Ya ni siquiera sé si en verdad existen o solamente están en mi mente

Ary interrumpió sus confidencias al escuchar el ruido del libro que se empezaba a mover. "Supongo que algo me quiere decir" pensó y se dirigió al buró. Tomó el libro, se sentó y empezó a ver lo que escribía, se dio diálogo de entendimiento y comprensión.

"**Necesitas entender mi muchacho**".

Era la primera primera vez que el libro le hablaba de esa forma, con ese afecto que toda persona necesita sentir por parte de sus seres amados, creando un ambiente de confianza y claridad; esto significó para Ary como un bálsamo para su angustiado corazón. Con esa sensación siguió leyendo:

> Sé que la vida no te preparó para vivir lo que estás pasando. Debes saber que todo lo que te ha ocurrido era necesario para cumplir tu destino. Eres muy valiente; a pesar de ser un libro, casi puedo sentir lo que se llama gusto por compartir contigo cada momento que has vivido. Valoro tu existencia.
>
> Y eso es necesario mi muchacho: Valorar cada momento de la vida, de las pruebas, de los logros que tengas, por pequeños que sean.
>
> Pienso que quizá te ha faltado amar cada momento tuyo; en tu búsqueda de la verdad y el amor, olvidaste Amarte a ti; erraste en pensar que el amor es un sentimiento hacia alguien, porque si primero no te das ese amor a ti mismo, no lo conocerás realmente.
>
> Y ese amor podríamos decir se expresa en el día a día, puedo decir que uno se ama cuando cuidas de tu persona, cuando sigues tus valores sin abandonarlos por complacer a otros, cuando buscas superarte en cada aspecto de tu vida, sin ahorrar esfuerzos ni competir con nadie más, siendo tu propio parámetro. Únicamente cuando te amas así podrás amar realmente a los demás porque no

esperarás obtener de otros lo que tú mismo no te has dado. Esperar el amor de alguien que no lo puede dar hace que tu corazón se llene de tristeza y sientas un vacío en tu vida. No busques en nadie la felicidad que solamente se encuentra dentro de ti y que encontrarás cuando valores lo que tienes sin lamentarte por lo que te falta. El amor y el respeto por ti mismo, te harán libre para amar sin esperar recibir algo a cambio.

Recuerda: aprecia cada instante, cada obra, cada acto que hagas; y así ya no buscarás afecto en nadie mi muchacho. A veces esperar algo tan grande de alguien que no lo dará, hace que tu corazón se llene de tristeza y te conformes con lo que no querías.

Necesito decirte una cosa más, antes de callar: Las pruebas llegarán a tu vida, tarde o temprano como has visto; y es necesario que estés preparado para superarlas. Ahora puedes arreglar todo muchacho. Depende de ti hacer lo correcto; siempre que caigas, vuelve a levantarte mi muchacho.

Ary sintió que por fin "alguien" le hablaba con la verdad; para él esto era un alivio, un consuelo. Estas palabras todo joven debería escuchar al menos una vez en su vida.

—"Tenía que pasar por todo esto para entender esta gran verdad" –se dijo tranquilo y satisfecho.

El anciano se encontraba limpiando la tumba de María, cuando entraron algunos atalayeros, cinco para ser precisos.

Todos vestidos de la misma manera, los cinco comportándose de la misma manera; el anciano se acercó a ellos y se arrodilló.

—Les pido que perdonen la vida de todos nosotros.

—Levántate anciano, sólo hemos venido por la vida del muchacho que inició todo esto y de esa creatura que él atrajo. Sabemos que son cómplices en la muerte de Sariel.

—No fue así.

El sepulturero les narró lo sucedido y al terminar dijo uno de ellos:

—Hemos entendido que Sariel perdió cordura y no fue del todo justo, que el muchacho es bueno y que la sombra lo está cazando, pero aún así el muchacho debe morir para cerrar la puerta.

—Les pido por piedad —clamó el anciano — me den dos semanas para arreglar el problema y si no logramos cerrar la puerta yo mismo entregaré al muchacho.

Los cinco atalayeros se miraron entre sí a manera de un pequeño concilio, uno de ellos dijo:

—Tienes dos semanas para terminar con esta situación, pero no debe haber más desaparecidos. Si en ese tiempo no se cierra la puerta, nosotros nos ocuparemos de ello.

—Muchas gracias —dijo el sepulturero con cierto alivio.

Los atalayeros se marcharon. Todo el cementerio se había estremecido ante una sentencia tan determinante. El anciano fue en busca de Ary.

Ary caminaba hacia el cerro cuando se percató que Ayish lo seguía a cierta distancia, de momento se encontró con el anciano.

Ayish por otra parte había estado tanto tiempo en el mundo de los hombres que su lenguaje había mejorado en todos los sentidos, era como si cada momento que pasaba en la tierra su ser sombra aprendiera todo lo que implicaba la humanidad.

—Justo contigo quiero hablar –dijo el hombre.

—Señor, estoy decidido voy a terminar esta situación –y le hizo una cierta seña con los ojos.

—¿Qué me quieres decir muchacho?

El hombre descubrió a lo lejos que algo se movía en la oscuridad y entendió que a eso aludía la seña.

—Necesitamos ir a mi casa para platicar –asintiendo suavemente con la cabeza para expresar que había entendido. Durante el camino reinó el silencio entre estos dos seres. Ayish buscaba escuchar, pero aún la oscuridad no era lo suficientemente densa para poder moverse con libertad, era mucha su desesperación.

Cuando los dos entraron al cementerio Ayish se quedó merodeando alrededor del camposanto como león que marca su territorio.

—Siéntate muchacho necesito contarte algo. Hoy vinieron más atalayeros y vendrán más mientras esa creatura siga en nuestro mundo. Yo los pude convencer de darnos cierto tiempo para cerrar esa puerta.

—¿Cuántos meses nos dan Señor?

—¿Meses? ¡No muchacho! Tenemos unos días para hacerlo, si no es así volverán para terminar lo que Sariel trató de hacer.

—¿Pero cómo la cerraremos?

—Tenemos que preparar un plan. Dime lo que sabes del mundo de esa sombra.

Ary narró lo que la sombra le había contado, cómo su mundo se sostenía por unas piedras, las cuales estaban colocadas para abrir los portales, en el centro de su mundo hay un abismo que sirve para castigar a los que no cumplen su misión; le dijo que no todas las sombras podían venir al mundo de los vivos. El anciano escuchaba con detenimiento cada palabra y reflexionaba la mejor manera de cerrar esa puerta y salvar a Ary.

—Ayish me insiste mucho para que vaya a su mundo con él.

—Debes aceptar ir a ese mundo, pero sin entrar totalmente.

—¿Cómo es eso?

—Escúchame bien Ary debes ser muy valiente pues tendrás sólo unos segundos para actuar, pero estarás sólo, nadie podrá ir contigo. Te aconsejo que lo pienses muchas veces.

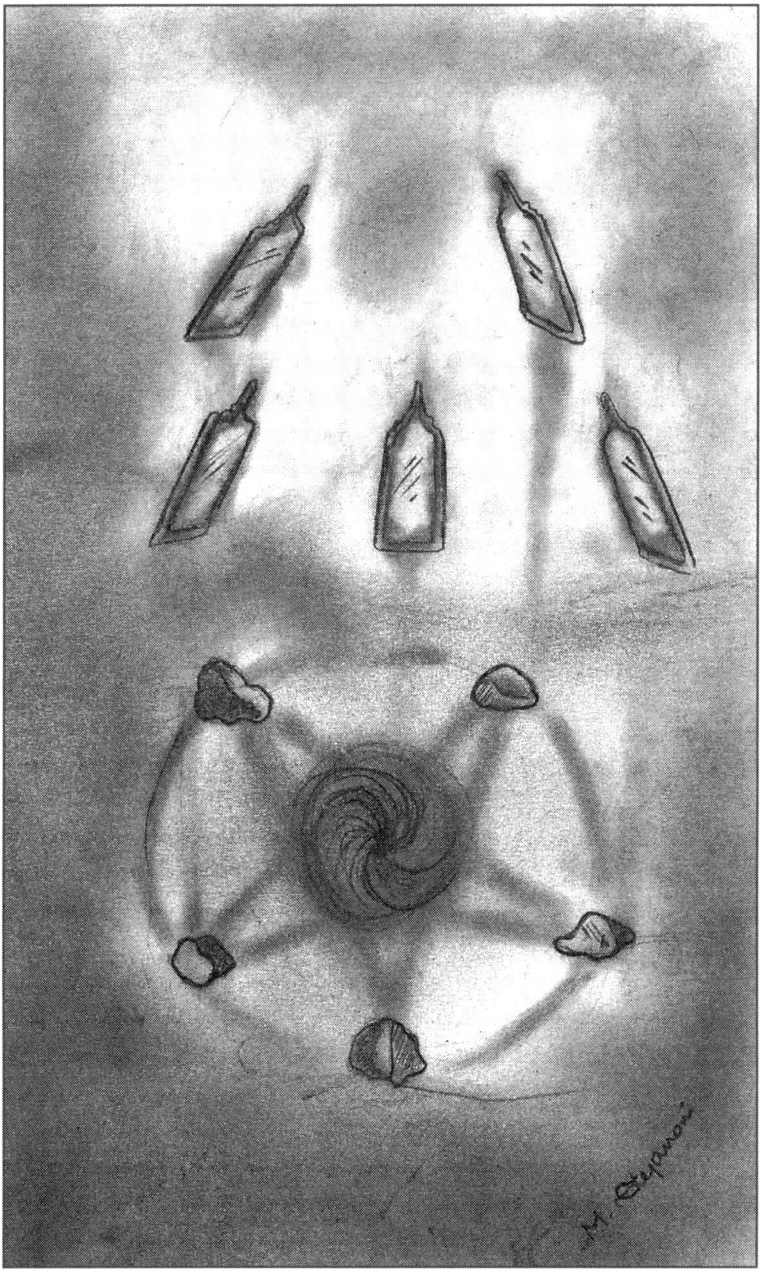

—Dígame concretamente qué tengo que hacer.

—Imagina que entras a ese mundo ¿Qué crees que te pueda suceder ahí dentro? —dijo el anciano pensando en la falta de malicia de Ary.

—Pues si me meto todo, seguro ya no salgo —respondió con tono dudoso.

—Así es muchacho, respondiste bien. Dime ahora cuál sería otra opción.

—Pues... que sólo meta medio cuerpo y vea cómo es ese lugar.

—¿Qué tanto es medio cuerpo?

—Pues yo creo que la cabeza sería suficiente —respondió Ary más confiado.

—¿Qué podría pasar si metes toda la cabeza?

—Pues que me jalen pá dentro.

—¿Bueno, ahora qué podrías hacer si te jalan?

—Pues jalarlos yo —respondió Ary.

—No, no tienes la fuerza necesaria y no sabemos a lo que te tendrás que enfrentar. Debes aprender unas palabras que te voy a decir por si tuvieras problemas cuando metas la cabeza.

—Pero Ayish se va a dar cuenta.

—No, debes dejar que él entre primero. Tendrás cinco o seis segundos antes de que esa cosa se dé cuenta que no entraste y ahí entonces tendrías problemas.

—¿Qué podría pasar?

—No lo sabemos, pero esta frase te dará unos segundos más para actuar y salir corriendo.

—¿Cuál es la frase Señor?

—La frase que tal vez alguna vez te dije: "Fiat Lux".

—¡Ah, sí! La recuerdo –dijo Ary reflexionando, porque jamás la había escuchado, pero dada la situación ya nunca la olvidó.

—Esa frase significa hágase la luz y como dije te dará un poco más de tiempo para tomar una de las piedras y salir con rapidez del lugar.

—¿Qué le pasará a Ayish con esa frase?

—Hará que todos ellos se duerman unos instantes y despertando no sabrán lo que sucedió, estarán débiles. Pero para ese momento ya no deberás estar ahí y los portales se habrán cerrado.

—Entiendo... así lo haré.

A veces lo que planeamos no siempre ocurre como se pensó, pero el carácter siempre debe permanecer para resistir cualquier prueba, esté contemplada o no.

Ary salió del cementerio decidido a cerrar esa puerta, nadie le habló dentro del lugar, pero afuera lo esperaba Ayish quien no tardó en preguntar.

—¿Qué hablaste con ese hombre?

—Tenemos problemas Ayish por esa persona que vino.

—Ayish se puede encargar de él, no es un problema.

Ya la oscuridad era suficiente para que la sombra pudiese ir a lado de Ary.

—No es uno y vienen por nosotros —dijo Ary.

—¿Cuántos son? Ayish lo puede solucionar.

—Me dijo el sepulturero que vinieron cinco.

Ayish comprendió que tenía que apresurar su plan, dado que eran muchos.

—Podemos ocultarnos un tiempo en mi mundo, estaremos ahí seguros.

—Ya veremos —dijo Ary pensando en su interior "Voy a terminar también contigo"

Por el momento Ayish no era un problema, Ary debía preparar bien el plan pues no era fácil engañar a un ser que por siglos se había mantenido entre la realidad de su existencia y la mentira que expresaba.

Ary trató de descansar sabiendo que tenía que encontrarse en buenas condiciones para hacer lo que el sepulturero le había indicado. Antes de entregarse al sueño pensaba: "No puedo mostrar debilidad, debo cerrar esa puerta, si me lo propongo seguro lo lograré".

Así la vida continuó durante unos días a través de los cuales Ary se preparaba para terminar con esa maléfica relación con Ayish. Escribía en su diario, sin poner todo lo que realmente quería, pues tenía el temor de que la sombra también pudiera leer sus pensamientos.

(sin fecha)

Tlato:

Me es difícil terminar algo que yo no inicié pues no sé lo que sucederá. Debo separarme de todos para no involucrar más a nadie, especialmente a Claret y Eda.

Claret por su parte oraba por Ary, aún sin ser una chica religiosa había visto que la gente adulta acudía a los santitos encendiendo veladoras y haciendo plegarias. No cabe duda que las buenas acciones siempre llaman la atención y como diría el libro:

> **Todo el bien y el mal del mundo se deben nivelar, por ello cuando algo bueno sale, el mal busca acomodarlo y justificarlo; y cuando el mal busca crecer, el bien lo debe frenar.**

A través de esos días Ayish sintió que algo no andaba bien, se percató que alguien le deseaba bien a su presa y esos deseos tenían que ser detenidos pues el mal no deja que el bien se extienda, pero el bien no dejará nunca de propagarse a pesar de lo se que haga. La sombra se dispuso a detener dichas plegarias.

Claret estaba hincada un lado de su cama elevando su oración por su amado Ary. Ayish no podía entrar en esa habitación dado que había demasiada luz tanto por las lámparas como por la oración; pero sabía esperar, y eso era un hábito propio de esas creaturas; saber esperar es un arma que juega tanto en los campos del bien y del mal. Será por eso que todas las acciones que marcan la historia de la humanidad están basadas en la paciencia y la preparación. Cuando Claret terminó su oración y apagó la luz, Ayish salió del espejo, la chica alpercatarse de esa sombra iba a gritar pero, éste le tapó la boca, sin lartimarla, lo hizo fijamente como un cemento.

—No gritar, Ayish no quiere lastimarte. Tú debes escuchar algo importante de Ary. ¿Si yo te suelto gritarás?

Ella asintió con un movimiento de cabeza y él la dejó.

—¿Qué quieres? ¿A qué has venido?

—Ayish viene a explicarte que no debes pedir por Ary, yo soy su amigo, yo lo puedo cuidar.

—No ves que me importa. ¿Cómo me pides eso si lo amo?

—¿Qué quieres decir con que lo amas? –dijo Ayish, buscando

también satisfacer su conocimiento por los hombres y poder compararlo con lo que había vivido.

—Claro que sin él mi vida no sería lo mismo, daría todo por su felicidad.

Entonces se dio un diálogo que tiene verdades eternas, algunas de ellas duele escucharlas, pero el que quiere aprender de todo saca provecho.

—¿Qué sabes tú de esa palabra que usas muchacha?

—No digas eso, tú no sabes lo que siento.

—Yo he visto a miles de hombres y mujeres pronunciar ese tipo de palabras por siglos y siglos; pensando que por tener una emoción o sentimiento, ya lo podían llaman amor.

— Lo que yo siento es muy diferente –con tono de reclamo.

—Esas mismas palabras el viento se lleva; yo he visto cómo gente se prometía castillos, reinos, vidas, riquezas, pero una vez que la persona que dicen amada es muerta –todavía el habla de Ayish tenía errores– o se conoce a otro amor, entonces con el tiempo se olvida lo dicho, lo prometido, lo pensado...

—Yo no –y Claret inicio a llorar– yo siempre lo pienso.

—Hoy dices que lo amas, que él es tu vida, pero verás que en unos meses dices lo mismo por otro– mientras se limpiaba la saliva.

—No, esto es diferente, tú qué puedes entender si lo que me muestras es que siempre has estado solo.

—A diferencia de ustedes muchacha, nosotros no creamos necesidades que un día se quieren y otro día se deshechan. Nosotros no tener vacíos, ni sentimientos. Nosotros cuando decidimos es para la eternidad.

—¡Pobre Ary! Déjalo él es un buen muchacho y ya no quiero escucharte.

—No, debes escuchar que lo que tú tienes es un vacío que quieres llenar, pero siempre será vacío porque no tienes sentido lo que haces. Ayish tiene que irse, pero recuerda esto el tiempo hace que todo amor se olvide.

—No eres nadie para decirme lo que es amor ni enseñarme nada.

—¿Amor? Muchacha. Si tú no te amas ni siquiera a ti. ¿Cómo usas esa palabra? Dime qué es amarse así mismo muchacha —Ayish tenía más curiosidad de saber cómo los hombres hacían ese lazo. Había vivido siglos viendo cómo los hombres un día se entregaban en cuerpo y alma; pero había visto que las lágrimas que un día se tiraban por alguien, con el tiempo se volvían risas, o palabras de odio hacia la persona amada u otras veces el amor se volvía un justificante para cualquier tipo de obrar.

—¿Amarse a sí mismo? —dijo ella.

—¿Cómo querer dar algo cuando no saber ni siquiera lo que es eso? —respondió

Ayish, partió en la oscuridad sediento de terminar su misión, se sentía satisfecho ya nada lo detendría, había logrado su cometido. Claret dejó de orar por Ary; en su mente ya solo había dudas, saber si su corazón sentía amor como mujer o un sentimiento que tarde o temprano desaparecía; por otra parte el ser de Ayish, era que su ser sombra iba más allá de esconderse en la oscuridad, su ser incluía la inteligencia, era claro que vivir muchos años siempre da una ventaja sobre el que ha vivido pocos.

Mientras tanto el libro escribía...

> **Ciertamente el amor del hombre ha tenido muchas caras durante los siglos, será acaso que su falta de credibilidad radica en que se ha confundido con, intereses o convencionalismos que solamente usaron su nombre para lograr algo.**

Los diálogos entre Ary y Ayish continuaban por las noches, uno buscando saber más sobre ese inframundo de sombras; el otro queriendo ganar la confianza de Ary para llevarlo a su mundo. Es una realidad innegable que Ary aprendió que se debe ser prudente para descubrir los engaños de los malos y poder actuar con la fuerza necesaria para alejarlos.

Habían pasado unos días, Ary seguía yendo a la escuela por las mañanas y saliendo acudía al cementerio. Su ausencia se hacía notar entre sus amigos, que para él ya no contaban tanto. Cierto día:

— ¡Señor, Señor! –entro gritando al camposanto.

—¿A qué has venido? —dijo Fernando saliendo al paso junto con José, ambos con los ojos todavía rojos por haber perdido a su amigo.

—Yo no tuve nada que ver con el descanso de Matías, déjenme pasar.

—¿No? ¡Tú eres el culpable de todo! Seguiríamos juntos de no ser por ti —dijo José.

—Entienden que no se quedan así por siempre, que llegarán tarde o temprano pasarán a otra vida aún mucho mejor diciendo verdades que ni siquiera comprendía su profundidad.

—¡Mejor vete! —añadió Fernando

Al escuchar las voces salió el anciano.

—Ary tiene razón, no lo agredan. Todos deben encontrar su finalidad en esta vida, si no estarán como ustedes, sin lograr aún su descanso eterno.

—Vámonos de este lugar —dijo Fernando y ambos espíritus desaparecieron entre las tumbas.

—No les hagas caso, extrañan a Matías y eso les hace actuar de esa manera.

Ary le comentó al hombre que ya era tiempo de cerrar el portal dado que creía que la sombra tenía la confianza necesaria en él.

—Me alegra escucharlo muchacho, pues ya casi no tenemos tiempo, en dos días llegarán nuevamente los atalayeros.

—Entonces justo este sábado lo haré, antes de que lleguen los atalayeros cerraré el portal y ya nadie más sufrirá por esos seres oscuros.

—Así será muchacho, así será, nadie más perderá la vida.

Esa tarde Ary la pasó con sus padres, los abrazó como para llenarse del amor que ellos tenían por él, era como un momento de despedida o tal vez de bienvenida a una nueva relación con ellos, más plena, dado que los abrazos sinceros lamentablemente no son frecuentes en la vida ordinaria de las personas. Parecía que el final del mundo se acercaba, lo que los Libros Sagrados denominan Apocalipsis; sensación que se repite en las personas cuando se enfrentan a una gran prueba.

Al día siguiente Ary se levantó y Ayish ya lo esperaba desde su rincón.

—¿Qué haremos nosotros? En un día llegan los atalayeros.

—Lo sé, no preocupes Ayish nos iremos —con esa respuesta la sombra supo que el momento de su gloria llegaba.

Fue un día normal, no hubo nada en especial, Ary lo pasó en una ventana, haciendo lo único que diferencia al hombre de los demás seres vivos: reflexionar.

Pudo entender que darse el tiempo de pensar era una solución a todos los problemas, y lo había descubierto en un momento apremiante. Salió llevando un lapicero y su diario.

Entró al cementerio y escribió con cierta premura unas notas para sus padres, para Claret y para Eda, fueron breves, pero intensas llenas de ternura y amor. No quería tardarse, pues temía que la sombra las descubriera.

Mientras el anciano se preparaba para dar su último aliento si es que Ary no llegaba a cerrar el portal, sabía que la preparación mental era lo más importante. Pensaba: "No permitiré que los atalayeros dañen al chico, haré lo que sea necesario para defenderlo, así me cueste la vida". Sabía muy bien que una vida bien llevada no tiene miedo y él, en cada palada al sepultar a una persona ponía lo mejor que tenía en la vida; su muerte tarde o temprano llegaría y sabía que morir con honor era como coronar su vida.

Ayish esperaba sediento, pensaba que cuando llegaran los atalayeros ya no estarían en la vida de los mortales.

Ary llegó a su casa, dejó las notas dentro del libro que escribe e hizo algo que antes no había puesto en práctica; elevar su pensamiento hacia un Ser Supremo diciendo a manera de oración.

—Luz dame la fuerza para hacer lo correcto, no me olvides...

Pero cuando alzó los ojos hacia el techo de su cuarto, Ayish saltó del espejo diciendo:

—¡No hacer eso! Tú no lo necesitas, Ayish siempre aconsejarte y defenderte.

—No te afecta esto que hago, ¿o sí?

—Ayish llevarte a su mundo, ahí estaremos seguros ¡Debemos irnos ya!

—Nos iremos en un rato.

—Si llegan los atalayeros nos harán pagar por lo que tú y yo hicimos.

—Yo no hice nada Ayish.

—Tú eres parte de mí y yo de ti Ary.

—No entiendo qué quieres decir.

—Tú y yo hemos estado tanto tiempo juntos que ahora estamos conectados.

—¿Cómo? —el rostro de Ary se desfiguró al escuchar a la sombra.

—Ayish ahora puede entrar por la oscuridad que tú creaste dentro de ti. No necesito ya espejos, tú eres mi espejo vivo.

Ary sintió una gran frustración, a veces cuando una esperanza muere las ideas tratan de aferrarse a algo... Ary trató de aparentar tranquilidad.

—Entonces ¿tú ya puedes entrar en este mundo y ya no necesitas de esas piedras que en tu mundo te abren los portales?

—Tú entiendes muy bien, donde tú estés, yo también estaré. Nosotros mandaremos mucha gente mala a mi mundo.

Los ojos siniestros se derretían como lava por el placer que le causaba imaginar que podría tragar más personas. Ary se dio cuenta que los planes de Ayish habían cambiado y la sombra pensaba: "Ya no estaré a merced de la horda, creo que ahora yo tengo el control".

Entonces un pensamiento llegó a su mente y lo materializó con esta pregunta:

—¿Qué pasa Ayish si alguna sombra cae en ese abismo negro de tu mundo?

—Caer por siempre sin un fin, ¿Por qué me preguntas eso?

—Sabes que me gusta saber de todo y por eso siempre pregunto. Por eso te traje, ¿no es así? —Ayish no contestó pues entendió que no debía decir más acerca de su mundo. Pensaba que si entregaba a Ary a la horda se cerraría esa puerta para entrar en este mundo y tendría que depender de los espejos, pero si escondía a Ary por un tiempo podría luego utilizarlo para regresar a su antojo. Sabía que le convenía entonces convencer a la horda de mantener a Ary con vida.

—Tú y yo escapar pronto.

—Sí Ayish, así será. Debo ahora ver a mis padres.

—No irte lejos. No vayas con el sepulturero ahí Ayish no puede cuidarte.

Ary sabía que tenía que consultar al anciano para saber qué hacer. El plan se había modificado, pero no podía salir de su casa; tomó el libro que escribe y bajó a la sala donde abundaba la luz.

Entonces Ary se dirigió al libro:

—Necesito un favor –pero éste no respondió.

Un día antes los atalayeros se preparaban para tomar acciones que fueran necesarias.

—Mañana saldremos a las cinco de la tarde rumbo a la casa del muchacho y terminaremos con esto –dijo el líder.

—¿Debemos avisar al anciano del cementerio? –preguntó otro.

—No será necesario, seguramente nos encontrará en el camino, avisa a los demás de nuestra salida.

—Enterado.

—Comunícales que no quiero ningún fallo. No tendremos misericordia ni con la sombra ni con el muchacho –dijo el líder.

—Dijeron que es inocente –intervino otro más.

—No lo suficiente, hay sangre de por medio y eso implica que no hay inocencia.

—Enterado.

Esa noche se alistaron las dagas sagradas que serían usadas para terminar el trabajo, llevaban una maleta con materiales que pudieran ser necesarios si la situación salía de control.

Esa mañana el anciano se encontraba limpiando los pasillos entre las tumbas, tenía angustia, ese día Ary debía actuar; el viento era generoso y los árboles eran peinados por la brisa. Así trascurrió la mañana y entrando la tarde se encontraba sumido en sus pensamientos cuando de momento en la arena se empezaron a escribir unas palabras, como si alguien las marcara con un dedo, el mensaje decía:

—Ary está en problemas.

Es de suponer que el libro envió este mensaje al sepulturero, no guardó silencio a la petición de Ary, pues las acciones son mejor respuesta que las mismas palabras. El anciano entendió que algo se había complicado, tomó su pala y se fue hacia la salida y se dirigió a las almas del cementerio:

—Nuestro muchacho tiene más problemas, les pido su ayuda para poder llegar a él sin que estén sus padres —el hombre salió rumbo a la casa de Ary, caminaba lo más rápido posible, pero sus piernas no tenían la misma habilidad que su mente.

El libro después de mandar el mensaje escribió.

> **Seguramente todos los jóvenes esperan felicidad en sus vidas, pero son ellos mismos los que forjan su destino a través de sus acciones y eso no lo entienden.**

Mientras el libro escribía, esa tarde el colibrí lloró...

Capítulo 9

La esperanza siempre recorrerá la Tierra

(sin fecha)

Tlato,

Te escribiré a mi regreso amigo...

El anciano se esforzaba por llegar a la casa de Ary lo más pronto posible, las almas se encargaron de que no hubiera personas en la calles y de sacar a los padres de Ary de su casa. Él abrazaba a Renata y a Cid, a quienes les causó extrañeza el comportamiento de su hijo.

—¿Qué te pasa muchacho? Ya déjanos. Tengo que ir con tu mamá a recoger unos documentos importantes.

—Sí papá vayan, aquí los espero —dijo mientras retiraba sus brazos.

—¿Hijo, estás bien? —dijo Renata.

—¡Claro mamá! Muy bien –aunque por dentro Ary sentía que se desmoronaba y contenía el deseo de contarles todo y llorar.

—¡Vayan, vayan!

Renata y Cid salieron. El sol comenzaba a ocultarse. Ayish hizo su aparición.

—Muchacho, tú y yo debemos irnos. Esos hombres están cerca.

—¿Cómo lo sabes?

—Ayish ver su coche muy cerca de tu casa. En cualquier momento ellos entrarán por la puerta delantera y por la de atrás ¡Debemos irnos ya!

—¿Qué nos harán si nos encuentran?

—Ellos están decididos a terminar con nuestras vidas. Lanzarán dagas para abrirse el camino y van a pronunciar palabras que me van a debilitar. Así te quitarán la vida. Yo podría privar de su existencia a dos, pero ellos son cinco y terminarían conmigo.

—Sí Ayish, vámonos –y subieron a la habitación donde estaba el espejo.

En tanto los atalayeros estacionaron su auto frente a la casa, bajaron del coche y se encaminaron hacia la puerta. En esos momentos llegó el anciano.

—¡Por favor esperen!

—¿Qué haces acá Anciano? Aléjate o pagarás las consecuencias –dijo uno de ellos.

—Les suplico perdonen al muchacho ¡Tómenme a mí!

—El destino está marcado. Sabes que esto debe suceder. Por respeto a tus canas te pido que tomes tu camino –dijo el líder.

—Le pido Señor me dé cinco minutos para ver qué sucede dentro de la casa y si usted quiere yo mismo sacaré al muchacho.

Todas las almas del camposanto se pusieron detrás del anciano como apoyo a su petición. El atalayero no quería mermar las fuerzas de su grupo con un enfrentamiento; su prudencia le hizo entender que cinco minutos no cambiarían el final para el muchacho y la sombra.

—¡Cinco minutos anciano, ni un minuto más!

—¡Gracias Señor, gracias! –y entró apresurado.

Las ánimas le avisaron que no estaban los padres del chico.

—¡Ary, Ary! –gritó y al escuchar la voz, Ary respondió:

—Acá arriba. Ahí voy

—¡No! Tú y yo tenemos que irnos –dijo Ayish.

—Si me esperas nos vamos, si no, no iré contigo.

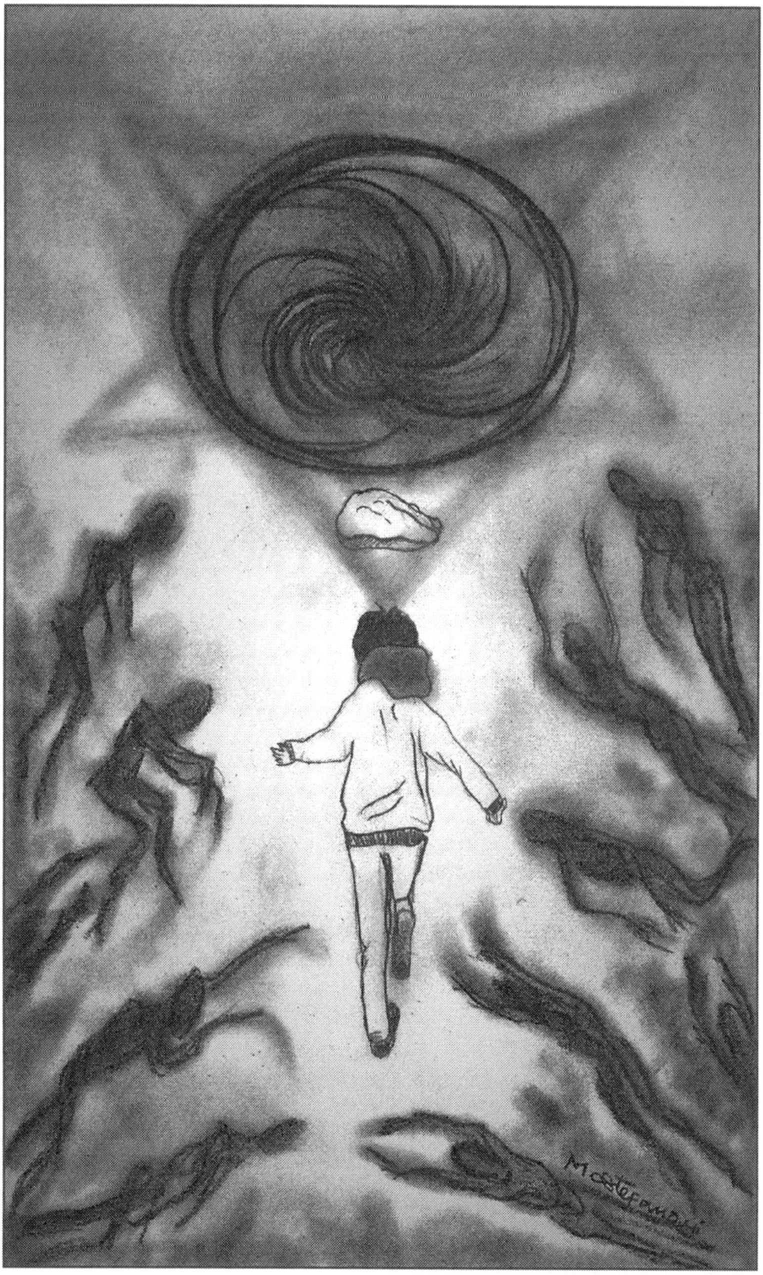

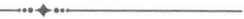

Ary salió de su cuarto y desde arriba le dijo al anciano:

—Debo irme Señor.

—¿Estás seguro de lo que vas a hacer? –el anciano estaba al pie de la escalera.

—Sí. También sé que un día nos volveremos a ver. Gracias por todo lo que hizo por mí.

—¡Cuídate muchacho!

Ary lo vio con una mirada llena de confianza y regresó a la habitación, puso las cartas en su cama. Ayish ya tenía medio cuerpo dentro del espejo.

—Tú debes entrar después de mí –Ary entró al espejo meditando sobre lo que tenía que hacer.

Cuando entraron los dos en el espejo y se cerraba el portal, el anciano elevó su oración y pronunció suavemente las siguientes palabras.

—¡Lucis radium! –que significaba radio de luz –frase que le permitía ver qué sucedía al otro lado del espejo y así fue testigo de lo que ocurría.

Cayeron los dos en la tierra de las sombras, quienes esperaban ansiosas ese momento. Ary recorría el lugar con una ávida mirada. Ayish habló a sus compañeras:

—¡No comeremos hoy! Tenemos un plan mayor, tenemos que evolucionar.

Aún no terminaba de decir esto cuando una de las sombras guardiana de uno de los Argentum, de mayor fuerza y tamaño, lo lanzó de un golpe cerca del abismo. Ary comprendió que él sería la comida y al ver a Ayish arrojado por los aires experimentó una sensación de soledad y desamparo.

Todas las sombras se lanzaron contra él, quien al ver su situación pronunció con firmeza las palabras que una vez el anciano le enseñó:

—¡*Fiat lux!* –las miles de sombras se desplomaron inconscientes por el poder de dichas palabras, dicho esto corrió unos 20 metros cerca de donde había caído Ayish y buscó el *Argentum*; Ayish sintió temor de semejante situación, apenas se recuperaba del golpe y la vergüenza de lo que sucedía lo ahogaba. Sintió lo que era no saber qué hacer. Ary quien habiendo encontrado la piedra que cerraba el portal, la tomó con una mano y la alzó para lanzarla hacia el abismo pretendiendo cerrar los portales que se habían abierto. En ese preciso momento que la sacó de su lugar todos los espejos comenzaron a romperse desde su centro y el suelo se cimbró.

Algo en su interior le hacía intuir a Ary que si lanzaba esa piedra al abismo él estaría condenado a quedarse en ese lugar. Ayish aún aturdido pensó en escapar con Ary y le propuso:.

—Tírala para cerrar todas las puertas –Ary volteó a verlo con asombro.

—¿Qué dices? Me quedaría en este mundo y sería comido junto contigo –apretaba el Argentum tan fuerte que su mano comenzó a sangrar.

—Recuerda que tú eres una puerta para mí, estamos unidos y los dos huiremos de este mundo juntos.

—¿Entonces podemos huir Ayish? ¿Puedo volver a ver a mis papás? –temblaba y comenzaba a llorar de la angustia y el temor.

—Sí, yo te puedo hacer un portal y escaparemos los dos.

Las demás sombras luchaban por despertar de su trance y la guardiana de la piedra se levantaba poseída por la venganza, había dejado su puesto y su mundo peligraba. Ayish continuó hablando:

—Imagina un mundo donde no solo sean dos chicas en tu vida, si no cientos que yo pondría a tu merced y a todo chico que se interpusiera yo me encargaría como lo he hecho, estarías siempre con tus papás y yo los cuidaría –Ayish sabía que si no salían de ahí sería lanzado al abismo por lo que había ocurrido y los segundos eran valiosos, debía convencer al muchacho.

—Eso no es una vida Ayish ¡Eso está mal! –sus ojos llenos de lágrimas, su iris ya nadaba en agua.

—¡No! Tira la piedra. ¡Tiralá ya! –comenzó a gritar.

Ary al ver que las sombras comenzaron a arrastrarse para levantarse, pronunció nuevamente las palabras:

—¡Fiat lux! –pero esta vez ya no hubo efecto alguno en las sombras, las cuales comenzaron a acercarse a ellos sangrando de odio, querían atraparlos, pero todavía no eran fuertes para correr.

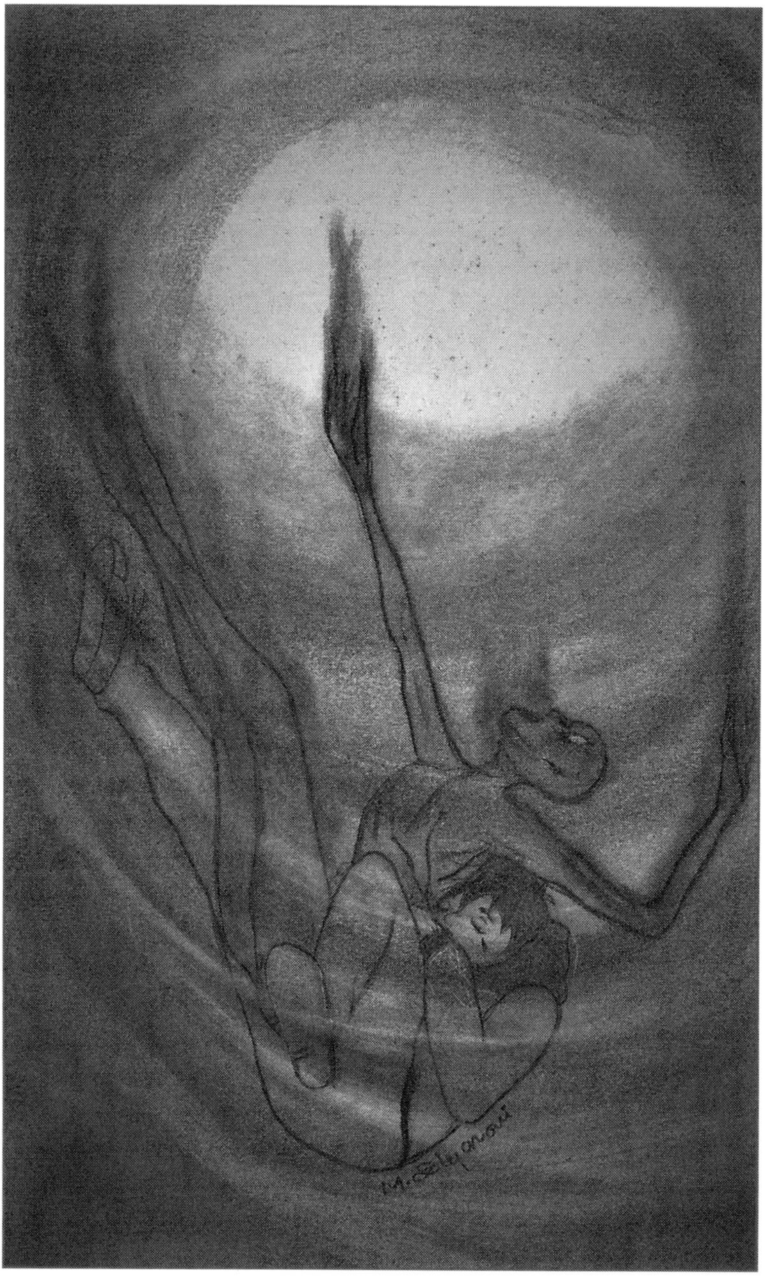

—Ayish tú serías la única sombra que esté en mi mundo –dijo Ary.

—Así es muchacho –entonces Ary lanzó la piedra hacia el abismo y los espejos cayeron en pedazos esparcidos por todos lados.

Ary pensaba parado junto Ayish: "Este ser seguirá haciendo mal y yo no lo puedo permitir. ¿Será acaso que la verdad del hombre es tomar una decisión y llevarla a cabo? No permitiré que esta sombra quede libre en mi mundo". En eso las sombras sedientas de venganza se lanzaron a ellos a toda velocidad.

—¡Ayish vámonos!

Ayish lo abrazó, e inició a decir unas palabras para tratar de regresar al mundo de los vivos, pero Ary no lo dejó terminar, se agarró de él y se lanzó al abismo arrastrándolo consigo.

El descenso de los dos siguió y siguió, durante la caída los dos se soltaron; Ayish buscaba aferrarse a algo sin tener éxito y Ary seguía llorando sabiendo que con ese acto pagaba el mal que había hecho y eso lo hacía sentir libre; encontraba esa verdad que tanto había buscado. Esa caída no tuvo fin para ninguno de los dos. Ayish gritaba rasgando su cara, Ary caía sumido en el silencio de la resignación. Las sombras quedaban finalmente encerradas en su mundo.

El anciano pudo presenciar todo hasta la caída de ambos, luego se cerró su portal, lloraba por lo visto, salió de la casa y explicó a los atalayeros lo sucedido; resaltó cómo la valentía del muchacho había cerrado los portales; con lo sucedido se sintieron satisfechos, puesto que las sombras no entrarían nuevamente en el mundo de los humanos. Uno de estos hombres expresó:

—Al menos no lo tuvimos que matar —no hubo más comentarios dado que no era importante para ellos, subieron a su coche y partieron para seguir con su misión.

Pasados los días entre la población hubo rumores sobre Ary, algunos dijeron que había huido de su casa, otros que se había ido a la frontera para trabajar; la policía relacionó el caso con las desapariciones del lugar y la investigación se fue a un archivo de búsqueda indefinida.

El anciano siguió con su labor de enterrador, puso una tumba en un lugar secreto del cementerio para recordar a ese muchacho. Fue el único que supo lo qué sucedió realmente con Ary y la sombra, sabía que Ary había encontrado la verdad al enfrentar el destino. Siguió el resto de sus días orando por su descanso.

Los padres de Ary al leer la nota que encontraron sobre la cama entendieron que había abandonado su casa y creyeron que el interminable abrazo que les diera había sido su despedida. No obstante, lo buscaron durante años insistiendo con la policía. El tiempo logró que Renata todas las tardes prendiera una veladora y deseara el bien a su muchacho. Aún ancianos su amado Ary vivía en sus corazones.

Eda todas las noches veía insistentemente su espejo tratando de encontrar algo. Ya no fue más esa chica que todo tomaba con ligereza, tal vez la madurez había entrado a través de lo que Ary le había dejado escrito. Buscó hacerse responsable de

Memo para que dejara el televisor y cumpliera sus tareas; la diversión ya no era su prioridad. Cada noche al irse a dormir se preguntaba cuál habría sido el destino de Ary.

Por otra parte Claret no quiso cuestionar ni saber más de lo sucedido; su estilo de vida no cambió, pero ya no hubo un mundo color de rosa. Sólo recordaba a quien había sido su primer amor; a veces dudaba si el sentimiento tan puro que tenía por Ary desaparecería con el tiempo. Años después se le vio de la mano de otro muchacho, se había vuelto a enamorar. Siguió su vida sin leer la nota que Ary le había escrito y que Renata le había entregado. "Lo que siento por este muchacho será lo mismo que sentía por Ary", era su conclusión.

Las notas que encontraron los padres de Ary fueron las siguientes:

Papás:

No quiero despedirme. Sólo puedo decirles que los amo, sé que nunca se los había dicho pero se los quiero decir ahora.

No sé cuánto tiempo me iré.

Con cariño su hijo.

Claret:

Eres el amor de mi vida, no tuve otro. Tal vez regrese, no lo sé y no puedo pedir que me esperes, sólo por favor recuérdame y con eso mi amor estará satisfecho.

No me quiero despedir, pero no sé qué suceda.

Te amo Claret.

Eda:

Eres y serás mi mejor amiga, Sabes que tuve que ir a resolver un problema. Te pido me recuerdes como ese muchacho que buscó la verdad. Si regreso te buscaré.

Con afecto tu amigo

"El Babotas".

En el mundo de Ayish el tiempo se había detenido y Ary seguía cayendo y cerró sus ojos sintiendo su descenso, pensaba "¿Será que esto merezco por haber buscado la verdad?" No terminó de reflexionar la pregunta cuando una luz resplandeciente bajó al abismo a gran velocidad, lo rodeó y lo arrancó de las garras de la oscuridad para llevarlo fuera de ese mundo.

Y entonces Ary finalmente sonrió y las voces no se volvieron a escuchar...

La población sigue cuestionando que pasó realmente en ese poblado con los desaparecidos. El cerro sigue siendo un lugar de búsqueda de la verdad donde muchas personas suben para preguntar al destino el sentido de sus vidas o desde esa altura cuestionar al destino si su amor también preguntará por ellos.

Años después las sombras abrieron un portal utilizando los corazones oscuros de algunas personas y así retornaron a la Tierra causando que los atalayeros reanudaran su furtiva caza. Las almas del cementerio siguieron esperando las plegarias de sus familiares para poder partir definitivamente de este mundo.

> Toda historia tiene un fin, todo cuento un desenlace, pero determinar qué tipo de fin tendrá la vida de los hombres depende de los actos que decidan realizar cada día. Los miedos, los horrores y los seres ocultos siguen viviendo en la sociedad, seres que se asemejan a Ayish, pues viven a la sombra de una falsa bondad; muchos otros siguen viviendo en el corazón de los hombres que dejaron la luz en el camino.

El libro que se escribe desapareció y el colibrí finalmente voló

¿Qué miedo vive en tu corazón? ¿Qué voces claman a tus oídos?

Ciudad de Cholula, lugar que inspiró la historia de Ary

Atrio Parroquia
San Andrés Cholula

Templo de la Virgen de los Remedios.

Cementerio Municipal
San Andrés Cholula.

Cementerio Municipal
San Andrés Cholula.

Atrio del Templo de
San Gabriel.

Calles de San Pedro Cholula.

Calles de San Pedro
Cholula.

Pirámide Cholula.

Zócalo San Pedro Cholula.

Atrio del Templo de
San Gabriel.

Made in the USA
Columbia, SC
25 February 2025

f513ce2d-5123-48a1-8311-5ce6da3eeafaR01